JN060507

# 銀座に住むのはまだ早い

小野寺史宜

柏書房

前日譚

# ノー銀座、ノーライフ

好きな街は銀座《ぎんざ》です。

と言うと、よく誤解される。お金持ちだと思われる。僕はお金持ちではない。残念ながら、小金持ちですらない。銀座が好きだと言うたびに、僕に好かれたところでいいことはないよなぁ、と銀座に対して少し申し訳ない気持ちになる。

もうかれこれ三十年、銀座と付き合っている。三十年好きでいるというのは、なかなかのことだ。人との関係は壊れることもあるが、街との関係は壊れない。そういうことかもしれない。

僕は千葉県に住んでいたので、東京都の玄関口はそのもの東京になる。わざわざ山手線《やまのて》に乗り換えて有楽町《ゆうらくちょう》に行きはしない。銀座へは、東京駅から歩いていく。端の一丁目からするりと滑りこむ。

例えば新宿《しんじゅく》や渋谷《しぶや》に行ったとしても、帰りは銀座に寄り、カフェでコーヒーを飲む。初めから銀座に行ったときは、カフェでコーヒーを飲み、用事をすませてからまたカフェでコーヒーを飲む。これは昔からそう。

銀座と親しくなったきっかけは、大学時代に串焼き屋でアルバイトをしたことだ。バカ高い店ではなかったが、安い店でもなかった。豚肉のしそ巻きとモツ煮込みが絶品だった。いい会社に勤めていそうな中年男性がクラブの女性と二人で来たりしていた。ごく稀にチップをもらったこともある。

# 前日譚
## ノー銀座、ノーライフ

仕事を終えると、店があった六丁目から営団地下鉄の銀座一丁目駅まで歩いた。午後十一時。銀座で夜だなぁ、と思った。店は、今はもうない。

その後もずっと銀座が好き。

何故好きなのか。

せっかく頂いたいい機会なので、考えてみた。

地理的条件から言うと。ここからここまでが銀座、とはっきりしているのがいい。地図で見ればわかるが、東京高速道路と首都高速都心環状線の高架《こうか》できれいに囲まれているのだ。

そのなかにあるのは地下鉄駅のみ。それもいい。地上駅がないから、東口側と西口側、といったように街が分断されてしまうことがないのだ。ＪＲの有楽町駅があるのは囲いの外。でも近いことは近い。その距離感もまたいい。

街が清潔で区画整理されているのもいい。外堀《そとぼり》通りと中央通りと昭和《しょうわ》通りが縦に走り、晴海《はるみ》通りがそれを横に貫く。区切られた各ゾーンには細い通りが並ぶ。

僕が特に好きなのは、五丁目から八丁目のクラブ街を含む派手ゾーンではなく、一丁目から四丁目のどちらかといえば地味ゾーン（失礼）だ。

並木通りを一丁目から四丁目まで歩き、銀座レンガ通りに移って四丁目から一丁目へ戻る。次いで銀座ガス灯通りに移って再び一丁目から四丁目へ。そんな散歩を何度もした。そうやって、街を全身で感じた。要するに、感じたくなる街だということだろう。

夜歩くのも好きだ。

新宿や渋谷とちがい、銀座にはきちんと夜が残されている。高い建物がないので、きちんと空も残されている。

三日月。満月。下弦の月。夜空に浮かんだその時々の月を眺めながら歩を進める。今年に一度はホテルをとって酒を飲み、深夜二時三時の銀座を歩く。そんなふうにして、夜が残されていることを確かめる。ビルとビルの隙間を覗き、夜がきちんと隅々にまで行き渡っていることを確認する。

今この隙間に足を踏み入れたら本当に自分が夜に溶けこめるかもなぁ、と思う。そう思わせてくれる感じが、銀座にはあるのだ。僕の如《ごと》き者でも裏口からひっそりと入れてくれるような感じが。入れてくれたうえでほうっておいてくれるような、いい意味で無機質な感じが。

音楽でも服でも食べ物でも人でも何でもいい。とにかく好きなものを挙げろと言われたら。銀座と夜、どちらも挙げる。その二つは、セロニアス・モンクのソロピアノや豆腐に交じってベストテンの上位にくるはずだ。何なら一位二位になるかもしれない。

そんな僕だから、可能なら銀座に住みたいとさえ思っている。普通、人は銀座を住む街とは捉えないが、僕は捉えてしまう。

歩いていて、あ、これはマンションだな、と気づいたりもする。ワンルームや1Kの物件も、実は結構ある。さすがに家賃が十万を超えてしまうので、小金持ちですらない僕にはちょっと厳しい。が、小金持ちになったら住もうとは思っている。思いに思って三十年。レ・ミゼラブル。ああ無情。

小説は、二十代のころから書いている。会社をやめた次の日に秋葉原《あきはばら》でワープロを買い、書きだした。新人賞に応募しては落ちまくる。暗黒時代が続いた。そのあいだも、ちょこちょこ銀座には出ていた。カフェを三軒はしごしてプロットを練ったり、思いつきをミミズのたくり文字でノートに書き殴ったりした。

鳴かねえわ飛ばねえわで、書くのをやめるわけではないが、三十代で再び会社に勤めることにした。それは僕にとって言わば後ろ向きな前進だった。

明日から出勤という日、僕は銀座に出ていつものカフェに行った。日曜日の午後八時すぎ。店は空いていた。お客は僕一人だった。

今も覚えている。奥のテーブル席に座り、いつものマンデリンを飲みながら、出入口の向こうに見える外堀通りを眺めた。ひんやりした気持ちではあったが、ガスコンロのそれのような小さな青い炎が自分の内で点《とも》るのを感じた。ならばだいじょうぶ。そう思えた。

それからもなお時間を要したが、今、どうにか小説を書かせてもらえている。日曜夜の銀座のカフェ、は常に頭の隅にある。迷ったらまた行こう、と決めている。

この文章を書いている時点で、出させてもらった小説は二十一冊。調べてみたら、そのうちの十三冊に銀座という言葉が出てくることが判明した。笑った。

確かに僕の小説の登場人物たちは、何かっちゃ銀座に行く。銀座でコーヒーを飲み、銀座でビールも飲む。銀座でバイトをし、銀座の会社に勤める。銀座でライヴをし、銀座で映画を観る。銀座の神社に参拝し、銀座のホテルで結婚する。

銀座を舞台にした『夜、街の隙間』という架空の映画も出てくる。しかも関連性のない二作で。その登場人物たちは一晩中銀座をウロウロするし、うちの一人はタクシーに乗ってまでウロウロする。

ジャズクラブ『ナッティ』にカフェ『ジャンブル』に喫茶『銀』に鶏料理屋『鶏蘭《とりらん》』。架空の店もいくつもある。この店は何丁目のどの辺り、との具体的なイメージもできている。もちろん、すべて意識してやっていることなのだが、もはや当たり前になりすぎて、意識していること自体が無意識になってもいる。

編集者さんたちとの打ち合わせも、場所を銀座近辺にしてもらうことが多い。理由は、銀座にいると気が乗るから。たとえダメ出しを食らっても、打ち合わせを終えてカフェを出れば外は銀座。そこの空気を吸えばどうにかなる。と、そう思わせてくれる感じも銀座にはあるのだ。あくまでも感じであって、ダメ出しのショックは消えないが。

結局はうまく説明できない。何であれ、僕は銀座が好き。いずれ銀座の小説を書こうと思っている。『夜、街の隙間』同様、舞台はがっつり銀座。銀座で生まれ、銀座で育った男の話だ。だから取材にかこつけて、たぶん、これまで以上に銀座を歩く。ウロウロする。夜に溶けこまんとする。

付き合って三十年が過ぎた。僕はまだまだ銀座に住むことをあきらめてはいない。

（二〇一九年十二月）

# はじめに

ノー銀座、ノーライフ。銀座がないなら人生じゃない。

僕はそうなのです。銀座という町があってくれて本当によかったと思っています。

まず初めにこのエッセイがありました。自分の内で点った青い炎のことを書けたので、大いに満足していました。

とはいえ。ああは書いたもののさすがに銀座には住めないよなぁ、と思ってもいました。都内に住むにしてもいきなり銀座はないよなぁ、と。

そして、なな何と、このエッセイを担当してくださった編集者さんから、SUUMOタウンさんでの連載のお話を頂きました。SUUMOタウンさんは、住み替えを検討するかたに様々な角度から町を紹介するサイトです。

あれこれ検討しまして。家賃五万円以内で住めそうな町を巡りましょう。東京二十三区、すべての区に行っちゃいましょう。ということになりました。

月イチで、二十三ヵ月。二〇二〇年十一月スタートで、足かけ三年。

エラいことです。僕はいつも小説を書いていますが、ほかにそれもやるのです。町の取材に一日、書くのに一日、計二日とられます。事前に、各区どの町にするかを決めたり、取材コースを決めたりもしなければなりません。

やれんのか？

と言いつつ、少しも迷いませんでした。

そりゃね、やりますよ。こんな楽しそうなこと、やらないわけがないのです。五十を過ぎてこれは楽しそうだと思えることも、そんなにはないですから。

家賃五万円以内って、それ、五十代がやることですか？　なんてことは言わずに最後までお付き合いいただけたらうれしいです。

銀座に住むのはまだ早い

# 目次

第一回　千代田区

# 神田にたゆたう

## 神保町

東京二十三区に住みたい。と昔から思っている。

三十年思っているのに、まだ住めない。僕は今も千葉県にある家賃五万円弱のワンルームに住み、毎度江戸川《えどがわ》を渡って東京へ向かう。住みたいと思ってるからいいや、いつか住むからいいや、との怠惰《たいだ》な甘えがあったのかもしれない。

というわけで、ちょっと真剣に考えてみることにした。

二十三区のなかで、自分はいったいどこに住みたいのか。

答はすぐに出る。一番住みたいのは、二十歳のころから愛してやまない中央《ちゅうおう》区の銀座。でも笑っちゃうくらい家賃は高いだろうから、それもなかなか難しい。

では。今とさして変わらぬフロトイレ付き家賃五万円ならどこに住めるのか。

二十三区の平均家賃は八〜九万円だと聞く。無理は重々承知。

SUUMOで区ごとに検索してみた。賃料が上限五万円。絞り込み条件でチェックを入れるのは、ワンルーム、と、管理費・共益費込み、と、定期借家を含まない、だけ。つまり、そこそこ長く住む意思はある、が前提。

で、住める町に行ってみることにした。実際に住める町なのか、探索してみることにした。

第一回は、千代田《ちよだ》区。いきなり難所を選んだ。

例えば新宿区や渋谷区は繁華街の印象が強いが、住む人が多い印象もある。が、千代田

第一回　千代田区
神田にたゆたう神保町

区にその印象はない。今どこ住んでんの？　千代田区。そんな会話をしたこともない。

そこはさすがに千代田区。僕にいきなりのルール破りを強いた。上限五万円では該当する物件がなかったのだ。

次の次、上限六万円でどうにか見つかった。

広さは三畳強。でも、あった。あんのか、と驚いた。

その物件がある町、神保町《じんぼうちょう》へゴー！

日本橋《にほんばし》地区に日本橋〇〇町が多いのと同じで、神田《かんだ》地区には神田〇〇町が多い。ちなみに、中央区日本橋、は存在するが、意外にも、千代田区神田、は存在しない。まあ、それはいい。

今回は、神保町。正しくは、神田神保町。

神保町は曲者《くせもの》だ。ちょっと行くと、御茶ノ水《おちゃのみず》、水道橋《すいどうばし》、九段下《くだんした》。もうちょっと行くと、大手町《おおてまち》。その名を冠するくらいだから、神田も近い。神田界隈《かいわい》にたゆたい、なかなか全貌をつかませない謎の町。僕自身、どこからどこまでが神保町なのか、よくわかってない。その辺りに勤めている人たちも案外そうだと思う。

まずは町の輪郭をつかむべく、外周を歩いてみる。神保町駅A2出口から、いざスタート！

と言ったそばから、懐かしさのあまり、ディスクユニオンに入ってしまった。神保町店があるのを知らなかった。大学生のころは、お茶の水の各店によく行ったものだ。レコードやCDを何枚も売った。何百枚かもしれない。あぁ。バイト以外はほぼ何もせずに過ごしていたまさに怠惰な大学時代。

というその懐かしさは五分で断ち切り、探索コースに復帰。

靖国《やすくに》通りを左に曲がって錦華《きんか》通りに入り、神保町の東端を北上。また左に曲がって、日大経済学部三号館のわきを通る。初めから知らなければそれが大学とは気づけない。もうオフィスにしか見えない。

近辺には、日大法学部や専修《せんしゅう》大や共立女子大もある。志望学部がなかったので僕は受験しなかったが、当時、都市部にある無機質なビル校舎に不思議な魅力を感じてはいた。

自分の小説のなかにも、日大経済学部卒と想定した人物を何人か出している。この辺りに大学があると、東京を舞台にした小説を書くうえでとても便利なのだ。JR中央・総武《そうぶ》線に東京メトロ半蔵門《はんぞうもん》線、都営三田《みた》線に新宿線、と四線もつかえるから。よくよく考えたら、専修大の学生さんも共立女子大の学生さんも出している。いい場所に校舎を建ててくださった各大学に感謝。

さらに歩いていくと、公園らしきものが見えた。ここはぜひ見ておきたい、と初めから狙っていた場所。そちらへ向かい、入ってみる。

千代田区立西神田公園。ブランコやすべり台などの子ども向け遊具のほか、健康遊具も

公園では、サッカー・野球・花火等近所の
迷惑になる行為は、やめましょう。

いくつかある。砂利が敷かれた、それなりに広い公園だ。

物件からもすぐ来られる。住むならこれが近くにあるのはいいな、と思った。健康増進を図れるから、ではない。何というか、存在そのものがいい。そこにいれば、空がちゃんと見えるのだ。

これはかなり重要。こんな町でも、屋外にいれば空は見える。でもそれらはたいてい、高い建物でジグザグに縁《ふち》どられた狭い空だ。かえって息苦しさを感じさせるそれ。だからこうして、ある程度まとまった空を見られるのはいい。そしてそれがアパートの近くにあり、常に意識できることが大事。

今度は、神保町の西端を南下。首都高速5号池袋《いけぶくろ》線沿いの道だ。

首都高の下が川。これも東京ならおなじみの風景だろう。陽が遮《さえぎ》られるので、水面《みなも》はいつも深緑に見える。

日本橋にかかる高架はいずれ取り払われるらしいが、首都高がすべて地下に潜り、この手の川がすべて陽に照らされる日は来るのだろうか。そんな東京が見られるなら見てみたい。

ぐるっとまわって戻った靖国通りを渡り、大手町寄りのほうへ。

それだけで、何というか、空気は変わる。町そのものが変わり、あちらにはまだありそうだったワンルームはほぼなさそうな感じになる。

# 第一回　千代田区
## 神田にたゆたう神保町

こちらが、まあ、一般的に、神保町、と認識されるゾーンだろう。

出版社のビルも多い。だから僕もたまに来る。逆に言うと、たまにしか来ない。編集者さんとは打ち合わせでよく会うが、出版社の建物内で会うことは意外とないのだ。

と言ってみて、不安になる。もしかしたら、そんなのは僕だけだったりして。ほかの作家さんは結構招かれてたりして。応接間のフカフカソファで編集長さんとコニャックとか飲んでたりして。

というその不安は二分で断ち切り、久しぶりに神田古書店街を歩く。これら各書店は、陽が当たって本が傷《いた》まないよう北向きに建てられているらしい。

初めてここに来たのは、今から四十年ほど前。父と一緒だった。僕が本をたくさん読むので、この辺りをよく知っていた父が日曜日に連れてきてくれたのだ。

小学校の高学年。僕はすでに一般向けの文庫本を読み漁《あさ》る小生意気なガキになっていた。古書店街に来て、思った。うぉっ！　安っ！

そのころ、古書店はまだ多くなかった。大きな店はなかったし、小さな店も、どの町にもあるという感じではなかった。だから文庫本をまとめて安く買えるのはありがたかった。

カバーがないものだと五十円、本当に古いものだと十円だったりした。当時は消費税もなし。十円なら十円。

おそらくは店主さんの字で、50、や、10、と、どこか投げやりに値段が書かれているのが新鮮だった。いちいち、円、まで書いてられないんだろうな、と思った。本に直《じか》に書いちゃうのかよ、とも思ったが。

とにかく安かったから、何冊も買った。子どもなりの大人買い。千円でも十冊くらい買えた。カバーなしの分厚い『グリーン家殺人事件』（ヴァン・ダイン著）まで買った。内容に関する記憶はないから、読まなかったのかもしれない。ものとしての古本自体に魅せられていたのだ。たぶん。

と、そのあたりでやや遅めのランチタイム。

神保町はカレー激戦区だと聞く。僕もカレーは好きだが、そんなに食べないので、残念ながらあまり詳しくない。このときも、ナンおかわり自由！　の文字に誘われ、アシカさんというお店に入った。

食後はまた少し歩き、タンゴが流れるカフェ、ミロンガ・ヌオーバさんへ。そこではマンデリンを頂いた。

神保町には、いいカレー店同様、いいカフェも多い。それはまちがいない。簡単な理屈。書店が多い町にいいカフェが少ないはずがないのだ。

と偉そうなことを言ってはいるが、カフェ巡りみたいなことを、僕はあまりしない。いい店があったらずっとそこに行く。ただし、入り浸《びた》りはしないし、常連にもならない。距離を保つことで、店とのいい関係も保つ。って、うるせえよ。と自分で言いたくもなるが、やはりそうしてしまう。

最後に一つ。

実は神保町とは縁《えん》がある。今は神保町よしもと漫才劇場となっている旧神保町花月《かげつ》で、『片見里《かたみざと》、二代目坊主と草食男子の不器用リベンジ』の芝居を上演していただいたのだ。自作の舞台化や映像化はそれが初めてだったので、うれしかった。役者は若手芸人さんたち。お笑い芸人さんは場を自分の空気にするのがうまいな、と感心した。

何年か前のそれに続き、今回のこれ。

ちゃんと空もある。本の香りもある。

神保町は好きな町になった。

もうね、住めますよ。

（二〇二〇年十一月）

第二回　江戸川区

# 川を感じて住む
# 小岩

第二回は、江戸川区。僕にしてみれば激戦区。平井《ひらい》、小岩《こいわ》、一之江《いちのえ》、篠崎《しのざき》、葛西《かさい》。どこにしようか迷った。その五ヵ所にはすべて自作の登場人物が住んでいるのだ。

幸い、江戸川区は、前回の千代田区ほど家賃が高くないので、候補地を選べる。

結果、小岩、辛勝《しんしょう》。

小岩は、JRでは二十三区東端にある駅だ。

ざっくり小岩と言っても、かなり広い。駅の北口側に西小岩と北小岩。南口側に南小岩と東小岩。東西南北がそろっている。

賃料が上限五万円。絞り込み条件でチェックを入れるのは、ワンルーム、と、管理費・共益費込み、と、定期借家を含まない、だけ。つまり、そこそこ長く住む意思はある、が前提。それは前回と同じ。で、総武線の小岩駅。SUUMOで検索。

百五十件以上ヒットしたなかから、東小岩にある物件を選んだ。広さは六畳。フロトイレ付き。ごく一般的なワンルーム。

今回はもう、川だ。誰が何と言おうと、川。誰も何にも言わないけど、川。江戸川。北小岩も江戸川沿いではあるが、より海に近い東小岩。

東京は案外川が多い。が、幅広のそれとなると限られる。多摩川《たまがわ》、隅田川《すみだがわ》、荒川《あらかわ》、江戸川、あたりか。

## 第二回　江戸川区
## 川を感じて住む小岩

川の近く、を第一条件にはしない。そこまではしないが、可能なら広い河川敷《かせんじき》がある川の近くに住みたい。江戸川区ならどこに住む？　となれば、やはり川に吸い寄せられてしまう。

江戸川区西部、平井の荒川か。江戸川区東部、小岩の江戸川か。荒川は小説にたっぷり書いたので、そうたっぷり書いてはおらず、区名にもなっている江戸川。

駅から十五分以上歩くが、望むところ。歩き屋の僕にとって、十五分などただのウォーミングアップ。駅から離れるおかげで家賃も下がる。好循環。

快速に停まってもらえない駅はどこか健気《けなげ》で愛《いと》しい。逆に言うと、快速に乗ってしまった人は絶対に降りられないのだ。

その小岩駅に降り立つ。

南口からは三つの商店街がのびている。フラワーロードに昭和通り商店街にサンロード。まずは、物件から遠い西側のフラワーロードを歩いてみる。ここにはアーケードがある。車道を挟む両歩道の上にそれが付けられている。雨に濡れないのは便利だ。

途中で見かけた下小岩親水《しんすい》緑道に逸《そ》れ、しばし猫ちゃんと邂逅《かいこう》。千葉街道に出て、小岩中央通りを北上。急角度で右折し、今度は昭和通り商店街を南下。柴又《しばまた》街道に入る。

同じくわき道に逸れると、そこには、何と、相撲部屋が。元横綱稀勢《きせ》の里《さと》の荒磯《あらいそ》親方と高安《たかやす》関がいらっしゃる田子《たご》ノ浦《うら》部屋だ。

こんな住宅地に？　と驚くが。考えてみればそうだろう。相撲部屋が繁華街にある必要はないのだ。小岩なら、国技館がある両国《りょうごく》へも遠くない。

相撲は、ガキのころ一度だけ観に行ったことがある。両国に移る前、蔵前《くらまえ》国技館時代だ。僕はガキならではの行動力を発揮し、全盛時の横綱北《きた》の湖《うみ》のお腹に触れた。花道を悠々《ゆうゆう》と歩いてきた横綱に近づき、ペチッと叩くように触ったのだ。今思えば失礼な話だが、横綱は怒らなかった。

張りのあるお腹に、僕の手ははね返された。横綱の体の内側から迫り出してくる力にまさにはじかれた。すげえ、と震えた。鍛えてそこまで大きくなった体はちがうんだな、とガキながら思った。

そのころの僕はなかなかの相撲強者だったはずだが、今はホソホソのヨワヨワになってしまった。何故だ。

と自問しつつ、ここ小岩の物件に住んだ場合通うことになるであろうスーパーをチェック。豆腐は充実してるかな。納豆は充実してるかな。もずく酢は？　キムチは？

コンビニですべての用が足りると思ってはいけない。コンビニは大事だが、スーパーも大事。スーパーは品数が多く、同じ商品がコンビニより安いことも多い。だから二つは分けて考えるべし。これ、一人暮らしの鉄則。と言うほどでもないけど。

そこからは東へと進み、いよいよ河川敷へ。

# 第二回　江戸川区
## 川を感じて住む小岩

荒川もそうだが、江戸川もそう。川はすぐには見えない。海抜《かいばつ》が低い地域なので、堤防《ていぼう》があるのだ。ところどころに設けられた階段を上り、ようやく河川敷に出られる。その出たとき。目の前に広がる河川敷と川を見たときのスワスワ〜ッと気が晴れる感じ。もうね、これは得難いですよ。

不思議と、その上の空までも初めて見たような気になるのだ。広〜い空。電線に邪魔されない空。

たぶん、アパートの二階からでも河川敷や川は見られない。その代わり、階段を上ってここへ出たときの爽快感は毎回味わえる。いい。

『川の流れを見つめて』というボブ・ディランの曲がある。それをドラマーのスティーヴ・ガッド率いるザ・ガッド・ギャングがインストゥルメンタルでカヴァーしたのが『ウォッチング・ザ・リヴァー・フロー』。ほのかにブルースが香る、とてもいい演奏だ。聴くだけで気持ちがほぐれ、実際に自分が流れに乗って町の川を下っている気分になる。数ある川ソングでは一番だと僕は評している。そのことを久しぶりに思いだした。江戸川の流れを見つめて。

と、まあ、これは余談。

三千字の原稿に余談を入れんじゃねえ、と編集者さんに怒られる可能性がある。この部分が載っていたら、怒られなかったということ。どうなるか、期待。

## 第二回　江戸川区
## 川を感じて住む小岩

で、河川敷にある江戸川グラウンド。ここには、野球場やサッカー場のほか、ラグビー場もある。ゴールまで立てられている。ラグビーのゴールに触れる機会なんてまずないから、そこへ行き、ついつい触ってしまった。横綱のお腹とちがい、はじかれなかった。

さて。そろそろお腹も空いた。

住宅地に戻り、物件のそばを歩く。

その辺り、道は細い。が、そうしてしまうと逆に不便ということなのか、一方通行路は多くない。昔からあるのであろう一戸建て。建て直されたのであろう新しめの一戸建て。それらにアパートが交ざる。大きなマンションはないのが、住宅地としての特色だろう。ということは、どういうことか。ちゃんと空が見えるということだ。前回も言ったが、住むとなったらそれは重要。

近くには江戸川病院があり、ちょっと行けば小岩図書館もある。僕が利用することはなさそうだが、小ぶりなゴルフ練習場まである。が、住宅地なので、飲食店は少ない。

と思ったら。

住宅に紛《まぎ》れるように、上海《シャンハイ》ワンタン専門店、があった。美食坊《びしょくぼう》さんという小さなお店だ。そこでワンタン麺と焼きワンタンを頂いた。ランチにはやや遅い時間だが、僕のあとにお客さんは二人来た。

小岩でまさかの上海。お腹も満たされ、探索再開。河川敷に戻り、気が晴れる感じもまた味わい、野球場や江戸川を横目に、歩きやすい舗装道を北上した。

その野球場を見て、思いだす。

大学生のころ、そこでソフトボールをやった。何故か大学のソフトボール大会に参加したら意外にも楽しかったので、何人かでまたすぐにやろうということになったのだ。

小学生のころは毎日草野球をしていたが、中高での経験はなし。長いブランクを経ていきなり野球はこわい。キャッチャーとかデッドボールとか、無理無理。だからソフトボール。

大学でのソフトボールは楽しかったが、ここでのそれはもう楽しくなかった。妙なさびしさだけが残っていた。江戸川区に申請してグラウンドまで借りたのだから、楽しんでいるふりはした。そのあとに行った居酒屋での飲みは楽しんだはずだが、ソフトボール自体は楽しめなかった。

要するに、僕は小学生時代の草野球を懐かしんだだけなのだ。大学でのソフトボール一度でやめておくべきだった。二度めは単なる再生。もうそこに熱はなかった。そういうことに意味はないのだ。それは二十歳そこそこの自分がやるべきことではないのだ。そう痛感した。苦々しいが、五十を過ぎた今になればそう悪くもない思い出だ。

河川敷を離れ、三つめの商店街サンロードを歩いて駅へ向かう。少なかった店は、駅に近づくと増えてくる。

# 第二回　江戸川区
# 川を感じて住む小岩

南口から北口へと小岩駅を抜け、木《き》の実《み》さんという喫茶店へ。

物件の近くにカフェはほぼないようなので、初めからこちらへ来るつもりでいた。実際に住んだ場合の散歩を想定してのコースどりだ。

苦味が特徴だという十二番ブレンドなるコーヒーを頂いた。どっしりしたカップ。説得力のある量。落ちつけた。

銀座やその周辺は、もとから小説に書いていた。『東京放浪』で初めて江戸川を書いた。書くために訪れもした。そんなふうに町を見るのも楽しかった。僕が東京の各町を具体的に書くようになったのは、それが始まりかもしれない。

今回の小岩。東小岩にあるアパートには、『今夜』の直《なお》井《い》蓮《れん》児《じ》が住んでいる。線路を挟んだ北小岩のアパートには、同じ『今夜』の坪《つぼ》田《た》澄哉《すみや》・奈苗《ななえ》夫妻も住んでいる。

江戸川に近いアパート。川を感じられるワンルーム。

住みたい。

（二〇二〇年十二月）

# 第三回　杉並区
# 静かに元気な
# 西荻窪

かつて親戚が住んでいたので、荻窪《おぎくぼ》という地名は知っていた。ガキのころの僕にとって、東京は、正月に日劇でドリフを観た有楽町と、電気街がある秋葉原と、荻窪の伯母ちゃんが住む荻窪だった。

そんなわけで、第三回の杉並区《すぎなみ》。

訪ねる町の候補として、荻窪はすんなり出てきた。そこよりは少し家賃が下がることを期待して、西荻窪に決めた。

西荻窪は、ＪＲでは二十三区西端にある駅だ。

西荻窪、という地名は今はない。西荻を冠する町名は、西荻北と西荻南があるのみ。それがもう何だか愛らしい。西なのか北なのか南なのか。僕は今どこにいるのか。とりあえず、東ではない。それしかわからない。

管理費・共益費込みの家賃五万円のワンルーム。ＳＵＵＭＯで検索。

駅から徒歩五分。西荻北にある物件を選んだ。五・五畳で四万九千円。条件は無事クリア。

千葉県に住む僕は、正直、二十三区西部に疎《うと》い。西荻窪についても、荻窪と吉祥寺《きちじょうじ》のあいだにある駅、との認識があった程度だ。

でもそこは天下の中央線。降りてみると人は多かった。北口も南口も、駅前にロータリーがない分、にぎわいがダイレクトに迫ってくる。

# 第三回　杉並区
## 静かに元気な西荻窪

町全体を知るべく、まずは南口側を歩いた。

区画整理されていて、くねくね道はない。

西荻南の端を直進して二度左折。三度めで少しなかに入って、今度は右折。あとはまた直進で、ＪＲの高架をくぐり、西荻北へ。

そのまま北上し、この企画で初めて図書館に寄った。西荻図書館だ。決して大きくはない。住宅地にあるごく普通の図書館。

三回めにして、何となくわかってきた。二十三区のいいところはまさにこれ。どこに住んでも図書館が近いのだ。人口が多いので図書館も多い。だからそうなるのだろう。

ちなみに。そこに僕の本は一冊しかなかった。文庫化の際に『東京放浪』と改題された『それは甘くないかなあ、森くん。』だ。といっても、現物はなし。ちょっとうれしいことに、借りられていたのだ。

その執筆のために僕は東京の各町を歩いた。以後、作品によっては町を具体的に書くようになり、そのたびに歩くようにもなった。結果、今もこうして楽しい企画で歩かせてもらっている。その『森くん』が西荻図書館にあったのも何かの縁。

だとしても、一冊。まあ、僕レベルならそんなもの。がんばらなきゃいけない。

図書館を出ると、すぐ先に川があった。善福寺川《ぜんぷくじがわ》だ。前回の小岩の江戸川にくらべると細い。川幅は十メートルくらいだろう。橋の長さもそのくらい。

そんな橋にも名前はある。そこは真中《まなか》橋。東隣にかかる橋は城山《しろやま》橋で、西隣にかかる橋は社《やしろ》橋だという。名前を知れば、その橋への親しみも湧く。親しみが湧けば、風景も変わって見える。町のおもしろいところだ。

さらに北上し、桃井《ももい》原っぱ公園に着いた。

原っぱって。区立の公園にしては思いきった名前をつけたなぁ。

と思っていたら、本当に原っぱだった。広～い緑地。遊具なし。

人々がそれぞれに好きなことをして遊んでいた。凧揚《たこあ》げをする親子がいた。一人でサッカーのドリブルをする小学生くらいの男子もいた。三人でバレーボールをする中学生くらいの女子もいた。レシーブ、トス、拾える強さのアタック！

前回は川だったが、今回は公園だ。この杉並区立桃井原っぱ公園と、東京都立善福寺公園。方角はちがうが、どちらも物件からは歩いて十五分くらい。

その範囲に二つも広い公園があるのはいい。その二つをちょうど一時間くらいでまわれる。ならばまわりましょう。ということで、まわっている。

都市部の公園がいいのは、ある程度まとまった空を見られるから。これは第一回の神保町のときに言った。そして今回は思った。もう一つ公園がいいのは、ある程度大きな木を間近に見られるからだと。

緑もそうだが、僕はさらに茶もほしい。木の幹や枝の茶色だ。木がそばにあると何故か

## 第三回　杉並区
## 静かに元気な西荻窪

落ちつく。だから喫茶店のテーブルも木がいい。木のテーブルに置かれたカップでコーヒーを飲みたい。

しみじみと木に思いを馳《は》せながら、公園を出て、南下。善福寺川のところへ戻り、物件の場所を確認した。

そう。物件は川の近く。せっかく川が流れているのだから近くに住もう、と考えたのだ。もし部屋の窓から川が眺められるのだとしたらそれはこの上ない贅沢だし。

今回は公園、と言ったそばから川にも触れておく。

この善福寺川がくねくね流れているので、西荻北にはくねくね道もある。川沿いに、歩行者だけが通れる小道があるのだ。自転車は、通れるところもありそうだが、通れないところもありそう。

一応、舗装はされている。川とのあいだにその道を挟み、家々が建てられている。

道は細いが、車は絶対来ないので散歩には向いている。悪くない。二十三区の道は、歩道がなかったり信号が多かったりで、散歩コースを組むのが大変なのだ。

僕が映画監督なら、犯人追跡シーンにここをつかうかもしれない。犯人は走って逃げ、刑事は走って追うのだ。そこへ通りかかった自転車なんかもうまくつかいたい。二人の刑事に挟まれた犯人が柵を乗り越えて民家を横切る、なんていうのもいい。

と、そこで前半が終了。駅のほうへ戻ってランチとなった。

とんかつ、の文字に誘われて、布袋《ほてい》さんというお店に入った。

が、誘われたはずなのに、メニューを見て、ついカキフライに流れてしまった。生でも揚げてもおいしいカキ。カキに出てこられたら敵《かな》わない。

朝四時に起きて三時間書いてから二時間かけての西荻遠征。次いで一時間半の徒歩探索。ご飯は大盛にしますか？　と訊《き》かれ、はい、とつい言ってしまった。歳なのに。

揚げものも久しぶりならタルタルソースも久しぶり。大盛でも余裕だった。

食ったからには動く。『ホケツ！』という小説に出てくるみつば高サッカー部員の郷太《ごうた》に僕はそう言わせている。

言わせたからには、著者として動いた。そうはゆっくりせず、後半開始。

また北上。また善福寺川に戻り、そこに沿った小道をくねくねと歩いた。

そして善福寺公園へと到着。

ここも広い。先の原っぱ公園とはちがい、細長く広い。上《かみ》の池と下《しも》の池という二つの池がある。遊具もある。何と、貸ボートまである。冬季休業らしく、この日はやっていなかったが、ボートはいくつも置かれていた。

前回は河川敷の野球場を見て大学生のころにソフトボールをやったことを思いだしたが、今回は大学生のころに河口湖《かわぐちこ》でボートに乗ったことを思いだす。

手漕《てこ》ぎボートはそれが初めて。僕はうまく漕げなかった。はっきり言えば、ド下手だっ

た。女子の前なのでムチャクチャ恥ずかしかったが、まあ、初心者はこんなものですよ、と全力で平静を装った。

こう漕げばこう進む。それがようやくわかってきたころ。友だちの男二人が乗ったボートが目の前で転覆した。一人が急に立ち上がったせいで、バランスを失ったのだ。

あらま〜、と服を着たまま河口湖に落ちていく二人。その光景は今も頭に残っている。おとなしくボートに座っていただけのHくんが、落ちたあと、転覆したボートが底に沈まないよう、どうにか支えながら犬かきふうに泳いでいたその姿も覚えている。

懐かしい。Hくん。いい人だった。そう親しくはなかったが、あまりにも人が好《い》いために気をつかいすぎていつも硬くなるその笑顔と善良という言葉は僕のなかでセットになっている。まさか三十年後に杉並区でHくんのことを思いだすとは。もしかしてHくん、この辺りに住んでるとか？

なんてことを考えつつ、善福寺公園を出た。

あとで調べたところによると。善福寺川はこの善福寺池が源だという。杉並区をくねくねと縦横断し、杉並区和田《わだ》と中野《なかの》区弥生町《やよいちょう》の境で神田川と合流する。つまり、杉並区に始まり杉並区に終わる、実に潔《いさぎよ》い川なのだ。

大きな灯籠《とうろう》と大きな鳥居《とりい》がある井草八幡宮《いぐさはちまんぐう》の小さな富士塚《ふじづか》を横目に見ながら、駅のほうへ向かった。

## 第三回　杉並区
## 静かに元気な西荻窪

富士塚というのは、富士登山まではできない人たちの信仰欲を満たすためにつくられたものだ。見た目には、地面がこんもりと盛り上がっているだけ。でもそうだと知れば、なるほど富士を模したのか、と思える。そう思えれば、やはり風景は変わって見える。

駅の近くまで来て、どんぐり舎《や》さんという喫茶店で休憩。店に入ると、僕の好きなセロニアス・モンクのジャズピアノが流れてきて、またもこの地との縁を感じた。

今日はいつものマンデリンでなく、グァテマラを頼んだ。おいしかった。ついでに言うと、テーブルも木だった。

杉並区のこの辺りも、実は僕の小説に出てくる。登場人物が住んでいるわけではない。『今夜』の坪田澄哉が制服警官として近くの交番に詰めているのだ。

駅から少し離れると住宅地。でも個人でやっているようなお店がいくつもある。歩いている途中で豆腐屋さんも何軒か見た。専門店で買った豆腐。ノー調味料で食べたい。住んだら買っちゃうだろうな。

西荻窪。穏やかな活気に満ちた町。

好き。

（二〇二一年一月）

第四回　北区

# あれこれ不思議な
# 浮間舟渡

基本、僕は島に弱い。孤島とか無人島とかそういうことではなく。よそと仕切られた場所に弱い。

ここで言う島は、川で囲まれた場所、だ。川が多い東京にはそんな町がいくつもある。町の島は、これまで小説の舞台にもしてきた。例えば『ナオタの星』では中央区の新川《しんかわ》、『ライフ』や『まち』では江戸川区の平井。

今回は、埼京線《さいきょう》の浮間舟渡《うきまふなど》。北区《きた》の回はここ、と初めから決めていた。

浮間舟渡近辺の囲まれっぷりを、まずは地図で見てほしい。囲まれるにもほどがありますよ、と言いたくなるくらい囲まれてる。島というよりは砂州《さす》のように、川と川に挟まれちゃってる。島好きの僕としてはやられる。そりゃ、選んでしまう。

浮間舟渡は、ＪＲでは二十三区最北端にある駅だ。

駅自体が北区浮間と板橋区舟渡にまたがっている。だから駅名が浮間舟渡。その偶然性には惹かれる。そこに変な意味づけはない。北区山田《やまだ》と板橋区吉田《よしだ》なら、山田吉田、になっていたはずなのだ。

いつもの条件、管理費・共益費込みで家賃五万円、のワンルームがあるか。さっそくＳＵＵＭＯで検索。

どうにか見つかった。駅から徒歩五分。築五年。三・五畳ロフト付きで四万五千円。

初めて埼京線に乗り、浮間舟渡駅の、北側にしかない出口に降り立つ。

## 第四回　北区
## あれこれ不思議な浮間舟渡

そこそこ広いロータリーがあるのにこぢんまりしている。なかなかに絶妙。さびしいとまではいかないが、二十三区感は抑えめだ。タワーマンションが一つ見えるも、ほかに高い建物はない。飲食店も多くはない。

そして最初の不思議に遭遇。

駅前、ロータリーのすぐ先が、ドーンと広い公園になっているのだ。

今回は北区回なので、板橋区の舟渡はあきらめ、浮間に絞る。そのドーン公園はひとまず措《お》いておき、駅の南側から探索開始。高架をくぐって、そちらへ。

すると早くも二つめの不思議に遭遇。

その南側は南側で、いきなりドーンと中学校なのだ。

そこには浮間図書館が併設されている。駅から徒歩二分の図書館。行かねばなるまい。

前回の杉並区、西荻図書館でもそうしたように、お邪魔した。

まだ新しい感じで、なかはとてもきれい。とりあえず、自分の本があるか見てみた。

四冊。うち一冊はほかの作家さんの短編も含まれるアンソロジーだから、実質三冊。西荻図書館からは三倍増。僕レベルなら大健闘。

少しいい気分で図書館を出て、隣にある新河岸東《しんがし》公園へ。

浮間水再生センターなる下水処理施設の上に整備された公園とのことで、階段を上っていく必要があった。

実際に現地に行ってみなければわからないのは、こうした部分だ。地図から高低差までは読みとれない。公園の写真を見ても気づけない。だから取材は必要なのだと、あらためて思う。

ちょうどお昼どきだからか、広い公園には誰もいない。本当に一人もいない。すさまじい占有感!

遊歩道をぐるっとひとまわりして階段を下り、新河岸川へ向かう。

北側にある荒川とで浮間舟渡を挟む、もう一つの川だ。ちょろちょろ流れる都会の川ではない。幅は優に五十メートル以上。でも残念なことに、堤防に遮られ、水辺には寄れない。見るなら橋から見るしかない。

ということで、新河岸橋よりしばし川を眺めてから、その川沿いに進む。

やがて、北区立浮間つり堀公園が現れる。

もう、まさにつり堀。真《ま》ブナや和金《わきん》が釣れるという。夏季にはザリガニ釣りもできるという。入園料は無料。さおは有料で借りられるし、えさも買える。魚やザリガニの持ち帰りはできないらしい。

時間があればやりたいところだが、今は探索中なので、断念。

その代わり、小学生のころによくやったハゼ釣りのことを思いだした。

ちょうど新河岸川くらいの川だった。ガキでもまたげる低い堤防をまたぎ、僕はコンクリートで固められた急斜面を後ろ向きにソロソロと下りていった。そして幅が一メートルもなかったであろう縁のところで釣りをした。

ハゼのほかにはカニも釣れた。そちらはさお不要。水中の岸壁《がんぺき》にへばりついたカニ目がけて草の蔓《つる》を垂らすだけでよかった。それを目の前でゆらゆらさせると、やかましいわ、とばかり、カニがハサミで挟むから、そこを一気に引き上げるのだ。

もちろん、ハゼもカニもキャッチアンドリリース。カニのほうはリリースするまでもない。ほうっておけば自力で川に戻っていった。横歩きで縁を進み、ぽちゃん。

当時はそんなことは考えなかったが、今考えればかなり危険だ。カニがではなく、僕らが。

水面は縁よりずっと低かったので、もし川に落ちていたら、自力では上がれなかっただろう。友だちが一緒にいたとしても、救助するのは無理。下手をすれば下手をしていたかもしれない。

ガキのころはその手の、よく考えれば危険、なことが結構あった。

僕はこわがりゆえ決して無茶をしなかったが、無茶をする友だちは平気で無茶をした。団地の階段の踊り場から建物の外に飛び下りたり、陸橋《りっきょう》の急坂を全速力ノーブレーキチャリで下ったり。彼らは軽快かつ華麗に無茶をするのだ。こいつには敵わない、と思わされたことが何度もある。皆、無事に生きているだろうか。

つり堀公園を横目に進むと、新河岸大橋にぶつかる。

この辺り、意外にも橋は少ない。西隣、さっきの新河岸橋までは七百メートルくらいあるし、東隣の浮間橋までは一キロくらいある。

対岸に行くのにまわり道をするのは面倒だよなぁ。でもそのおかげで島感はより強まってるんだよなぁ。

と思いつつ歩いていたら。

民家のわきの一角に、浮間の渡船場跡《とせんば》なるものを見つけた。

かつてはそこに渡船場があり、対岸の板橋区小豆沢《あずさわ》とを結んでいたという。浮間橋ができた昭和三年までは存在していたらしい。

見逃してしまいがちだが、町にはこんなものもある。歴史はそこかしこに溶けこんでいるのだ。過去はなくなるようでなくならない。

そのまま浮間橋近くまで行き、左折。

埼京線や新幹線の高架に沿って浮間舟渡駅のほうへ戻る。

そう。ここは東北新幹線や北陸新幹線も通っているのだ。

だからということなのか、高架がよそよりも高い。下の隙間から向こうの空が見えたりする。それで閉塞感が少ないのかと気づく。

下をくぐる道も多いので、北側との行き来もしやすそうだ。それは案外大事。線路で分

## 第四回　北区
## あれこれ不思議な浮間舟渡

断されると、町はどうしても狭くなってしまう。

駅が迫ってきたところで前半終了。ランチ。

一膳屋五丈原《いちぜんやごじょうげん》さん、というお店に入った。

手のアルコール消毒に続き、検温。六度一分。久しぶりに自分の体温を知る。

最近の非接触体温計はすごい。わずか一秒。速攻。昔、水銀体温計をわきの下に挟んで待ったあの数分は何だったのか。

そこではチキン甘酢ソース定食を頂いた。サラダとは別に小鉢が三つ。チキンもご飯もがっつり。おいしかった。

空腹も満たされての後半。

駅の北側へ戻り、さっきのドーン公園、東京都立浮間公園へ。

真ん中にこれまたドーンと池がある。浮間ヶ池。デカい。公園にある池のイメージを遥かに超えている。公園が滋賀県なら池は琵琶湖《びわこ》、という感じ。

駅同様、この公園も北区と板橋区にまたがっているらしい。北区側から眺めると、板橋区側に立派な風車が見える。さすが都立、と感心する。

それにしても、水はいい。川に限らない。池でも、いい。何故いいのか。水というよりは水面がいいのかもしれない。そこに立つ小波の揺らぎが心を落ちつかせるのだ。うん。そうだ。

## 第四回　北区
## あれこれ不思議な浮間舟渡

と、いくらか情緒的になって公園をあとにし、浮間けやき通りを西に進む。

左右に高木が植えられている。けやき通りなのだから、たぶん、けやきだろう。情緒的なくせに植物のことはよく知らない。恥ずかしい。

途中でけやき通りを外れ、物件を見た。

荒川に近い、静かそうな場所。悪くない。

けやき通りに戻ってしばらく歩き、左折。いよいよその荒川へ。

長い階段を上って河川敷に出る。

広い。河川敷なのに、川が遠い。

一帯がゴルフコースになっているのだ。コースだから、当然、十八ホールある。駅で言うと、浮間舟渡から隣の北赤羽《あかばね》を越え、赤羽まであと半分というくらいのところまでいく。

その辺りは、荒川と新河岸川に挟まれ、まさに砂州のよう。陸地の幅は四百メートルくらいしかないだろう。

先には新荒川大橋サッカー場があり、春には桜が見られるらしい荒川赤羽桜堤《さくらづつみ》緑地がある。そこからはさらに幅が狭くなり、先端には荒川と隅田川を仕切る岩淵《いわぶち》水門がある。

住んだらまちがいなく行く。散歩コースにする。往復で一時間強。ちょうどいい。しかもノー信号。理想。

これで北区浮間はひとまわり。

荒川を離れ、北赤羽駅近くの珈琲店燕里《えんり》さんへ。ありがたいことに、ストレートコーヒーがある。その上、安い。せっかくなので、そんなには巡り合えないトアルコトラジャを頂いた。おいしかった。散歩のあとにここで休憩。ゴールデンコースが見えた。

浮間舟渡にも、実は自作の登場人物が住んでいる。『今夜』の立野優菜《たてのゆうな》。女性タクシードライバー。なのに休日もカーシェアリングを利用して夜の東京を車で走る。僕自身、とても好きな人物だ。

水間に浮かぶ浮間舟渡。何とも不思議な町。もとは工業地域として発展したらしいが、まあ、住宅地は住宅地。

町として定まった印象はない。といっても、悪い意味ではまったくない。広い町ではないのに各所で風景が変わる、という意味。

実際に住んで初めて、この町の印象は定まるのかもしれない。定めたい。

（二〇二一年二月）

# 第五回　大田区
# 端でもにぎわう
# 蒲田

陸側と海側とにざっくり分けられる都市部の駅周辺でどちらに住むかを選ぶなら、僕は海側を選ぶ。

海が好きだから、ではない。いや、好きは好きなのだが。一辺が海になることで島感が出るから、だ。町にはっきりした形が与えられる。わかりやすくなる。

今回は大田区《おおた》。二十三区で面積が一番大きい区だ。

羽田空港《はねだ》が丸々含まれるから、そうなる。羽田空港はそれ自体が大田区の町名で、一丁目から三丁目まであるらしい。例えば国内線を利用する人は、三丁目で飛行機に乗る。

前回の北区編での浮間舟渡同様、大田区編では初めから蒲田《かまた》と決めていた。

第一回は、中央区以上にど真ん中っぽい千代田区。第二回から第五回までで東西南北の各端を攻めるつもりでいた。まず隅をとればある程度は有利。オセロみたいなものだ。ただし、僕、オセロは下手。

蒲田も、海が近いといえば近いから、そちら側の物件にしようと思ったのだが。そこで強敵が現れた。川だ。多摩川。

江戸川区編と北区編ですでに二十三区の幅広川二本、江戸川と荒川を押さえてるのに、多摩川を逃していいのか？　隅田川はまだこれから行く可能性があるが、多摩川でその可能性があるのは世田谷区《せたがや》だけだぞ。で、世田谷区編では、たぶん、行かないぞ。

ということで、決定。陸側。駅の西口側。

## 第五回　大田区
## 端でもにぎわう蒲田

海側に住んでも多摩川には行けるのだが、陸側だと、早めに河川敷に出られるのだ。地図で見た感じ、その辺りは、河川敷の厚みというか、充実ぶりがすごい。

さっそくＳＵＭＯで検索。管理費・共益費込みで家賃五万円のワンルーム。数は少ないが、ヒットした。駅から徒歩九分。築十年。四畳で四万八千円。ゴー！

映画『蒲田行進曲』のあれが発車メロディとしてほぼ常に流れるＪＲ蒲田駅に降り立つ。西口に出て、またすぐにビルのなかへ。エレベーターに乗り、東急プラザ蒲田の屋上かまたえんへ。

そこには、子ども向けの小さな観覧車がある。幸せの観覧車。都内唯一の屋上観覧車だという。

ゴンドラの数はわずか九。かわいい。でもあいにくの強風で誰も乗ってない。空のゴンドラがゆらゆら揺れている。お母さんの抱っこひもから出てぶらぶら揺れる赤ちゃんの足みたいで、それもまたかわいい。

ここは、おっさんの僕が利用するような施設ではない。が、こうしたものがあると思うだけで、大人も安心できる。町への信頼が生まれる。

今度こそ外に出て、探索を開始。

ＪＲ蒲田駅の前からは東急池上《いけがみ》線と東急多摩川線が延びている。ＪＲ含めどれもが高架線でないこともあり、蒲田は、とにかく線路、という感じがする。当然のことながら踏切も多い。

まずは、東急池上線に沿ったバーボンロードを歩く。

その名前から、大学生のときに行ったニューオーリンズのバーボンストリートを思いだす。

そこは通り自体が観光地のようなもの。周辺のクラブでは、ジャズやらブルースやらロックやらファンクやらの生演奏が夜通しおこなわれていた。

別に外国に行きたかったわけではない。アメリカに行きたかったわけでもない。ニューオーリンズに行きたかった。そこでディキシーランドジャズに触れたかった。

実際に、触れた。地元のビール、ディキシーを飲みながら、クラリネットやトランペットやバンジョーやチューバの生音を聞いた。

一人での帰り。羽田でなく成田へ向かう飛行機のなかで、僕は初めてもの書きらしいことをした。A6サイズくらいの小さなメモ帳に、ニューオーリンズについての文章をガーッと書き殴ったのだ。小説のようなエッセイのような散文。確か、一気に二十枚は書いた。

ガキのころから書くつもりではいながら、なかなかタイミングをつかめずにいた。今書いてもロクなものにならないな。ずっとそう思っていた。そこでやっと書いた。

といっても、書いただけ。そのあともすんなりとはいかない。僕は今なお続く長～い暗黒時代に突入する。でも、始まりはそこだ。

懐かしのニューオーリンズ。また訪ねることはあるかな。

と、二分ほど感傷に浸りつつ、踏切を渡り、物件の場所を確認。住宅地。よさげだ。不安要素なし。駅から徒歩十分圏内。歩くのが好きな僕にとってそれは必須条件ではないが、ありがたいことはありがたい。

そこから少し行くと、止まっている電車が見えてくる。

とにかく線路の蒲田で、さらにこれ。旧蒲田電車区の大田運輸区。今は京浜《けいひん》東北線車両の車庫としてつかわれているらしい。まさに車庫。何両も止まっている。特に電車好きではない僕でも、おぉっと思う。

この辺りは、大田区新蒲田。

ほかにも新木場《しんきば》や新小岩など、新が付く地名はいくつかある。東池袋や西新宿みたいに東西南北が付くならわかるが、この新◯◯にはいつも笑ってしまう。新木場のような後発の埋立地ならしかたない。でも新小岩や新蒲田はもとからあった土地なのだ。

新以外には、本を付けたりする場合もある。例えば千葉市には新千葉があるし、本《ほん》千葉町もある。

考えてみたら、何でもいいのだ。近い将来、市区の再編などで、前千葉や元千葉、全蒲田や超蒲田が誕生するかもしれない。しないでしょうけど。

右折して西へ進み、いよいよ多摩川へ。

江戸川でも荒川でもそうだった。二十三区の幅広川特有のこれ。堤防の階段を上りきると、視界が一気に開ける。この瞬間は本当に気分がいい。これがあるなら駅より川の近くに住みたい。そう思える。

そこではまだ河川敷はさほど広くない。南に歩いていくうちに広くなる。陸上競技のトラック状に整えられた区民広場あたりからは、何らかのスタジアムでも造れそうなほど広い。

二面あるサッカー場、その先はもう、野球場の嵐。

大田区のホームページによれば、この多摩川緑地だけで野球場は十六面あるという。十六はすごい。すべて借りれば、三十二チームでのトーナメント大会、その一回戦を同時スタートできてしまうのだ。リーグ戦の同時進行も可能。野球は一チーム九人。二チームでやるから一試合は十八人。十八×十六＝二百八十八。二百八十八人が同時に野球の試合を楽しめる河川敷。すごい。

そこだけで二キロほど歩き、河川敷をあとにする。

住宅地に交ざる町工場を横目に、通りをまっすぐ北上。

不意に交番が現れたところで右折。少し進んだ先に銭湯《せんとう》があった。第一相模湯《さがみゆ》さん。

二十三区にも銭湯は結構ある。何なら多いと言ってもいい。なかでも一番多いのはここ大田区らしい。特徴は、黒湯《くろゆ》。

## 第五回　大田区
## 端でもにぎわう蒲田

これまた大田区のホームページによれば、臨海部周辺にその黒湯と呼ばれる温泉が広く分布し、昔から銭湯で利用されているという。メタケイ酸や炭酸水素塩類などを含む二十五度以下の温泉で大昔の海水を由来とする化石水《かせきすい》であると言われています、とのこと。最後に銭湯に行ったのはいつだったか。思いだせない。四十年以上前とか、そんなかもしれない。もしこの町に住んだら、一度は行かねばなるまい。黒湯に浸《つ》かり、ムフフと黒っぽく笑ってみなければなるまい。

銭湯で一人黒っぽく笑う五十すぎの男はいやだな、と思いつつ、ＪＲの線路沿いの道に出て、蒲田駅へ向かう。

やがて、タイヤ公園こと西六郷《にしろくごう》公園に着く。

何故タイヤ公園なのか。理由は一目でわかる。タイヤだらけなのだ。古タイヤを利用した遊具がいくつも設置されている。ゴジラチックなタイヤ怪獣もいる。そういえば、映画『シン・ゴジラ』でも、ゴジラは蒲田で上陸したらしい。

黒湯と合わせたわけではなかろうが、無数のタイヤのせいで、公園全体の黒度が高い。でも、ここ、子どもなら楽しいだろう。大人でも、ちょっと沸《わ》く。

そのまま駅まで歩いて戻り、ランチ。

今日は中華だ。蒲田西口商店街、サンロード蒲田にある金春新館《こんぱるしんかん》さんに入る。頼んだのは、白身魚の甘酢ソースがけ。ここで一ヵ月前の記憶がよみがえる。前回の北区編で頼んだのもチキン甘酢ソース定食だった。

僕は酢が好きなのだ。もずく酢は毎日食べている。というか、容器のままチュルチュルッと飲んでいる。

定食には餃子《ぎょうざ》が三つ付いてきた。餃子には羽根まで付いてきた。おまけとして付けられる大きさの餃子ではない。それを酢のみで食べる。しょうゆもラー油もなし。今日もがっつり頂いた。

ランチのあとは、ＪＲ蒲田駅の東口側を軽めに探索。やはりゴジラが遡《そ》上《じょう》したらしい呑《のみ》川《がわ》沿いに歩いた。多摩川とちがい、こちらは街なかの川という感じがした。

また西口側へ抜け、サンロード蒲田と並行するサンライズ蒲田にあるカフェ、銀座 和蘭豆《らんず》さんに入った。

いつものようにストレートコーヒー。エルサルバドルを頂いた。初めて飲んだが、おいしかった。

この蒲田にも、実は自作の登場人物が住んでいる。『今夜』の小《こ》竹《たけ》舞《まい》香《か》。プロボクサー直井蓮児のカノジョだ。道を踏み外しかけた蓮児に会うべく、舞香はＪＲ二十三区最南端の蒲田から最東端の小岩に行く。決して広くはない二十三区だから、そうも簡単に端から端に行ける。

東京は狭いな、とかつて僕は思っていた。でもこうして歩いてみると、狭いけど広いことがわかる。実際に来れば印象も変わる。内へ内へと広い、ということかもしれない。
これまでは、より自宅に近い江戸川や荒川しか知らなかった。
ここへきて、多摩川。そして、蒲田。
まだ知ったとは言えない。
が、惹かれる。

（二〇二一年三月）

# 第六回　台東区
# 浅草も香る田原町

たぶん、僕は閉所恐怖症だ。高所はそうでもないが、閉所は苦手。病院にあるMRI装置に入るのがこわいと言う人の気持ちがわかる。自分が検査を受けることになったら、足のほうから入っちゃやマズいですか？　と医師の先生に言ってしまいそうな気がする。

でも、こぢんまりした町やこぢんまりした都市は好きなのだ。その手の初めから大規模なものなら、狭いほうが好き。例えばパリよりはブリュッセルに行きたいし、ロンドンよりはダブリンに行きたい。

今回は台東区《たいとう》。

前回の大田区とは反対に、二十三区で面積が一番小さいのが台東区だ。上野《うえの》と浅草《あさくさ》という知名度の高い町が二つあるのでそんな印象はないが、実際には大田区の六分の一ほどしかないらしい。二十三区と安易にひとまとめにしてしまうが、そのなかでの大小はかなりあるのだ。

その台東区で町をどこにするかは迷った。区が小さいだけに選択肢も少ない。どこも上野や浅草に近いわけだから、家賃も高いはず。

ということで、その二つのあいだに位置する田原町《たわらまち》を選んだ。旧浅草田原町。今は銀座線の駅名として残るのみ。田原町という町はないらしい。

例によってSUMOで検索。管理費・共益費込みで家賃五万円のワンルーム。

無理でした。

# 第六回　台東区
## 浅草も香る田原町

　その代わり、駅から徒歩七分で家賃六万円という物件が見つかった。安さゆえちょっと独特な間取りだが、その立地でそれは悪くない。いや、悪くないどころか、上野にも浅草にも歩いていけるというのはそそられる。はい、決定。ゴー！

　と、その前に。

　物件について少し触れる。今回の物件についてではなく、物件全般について。あくまでも私見ですので、いい悪いではありません。念のため。

　まず、何階の部屋にするか。これは悩ましいところだ。

　三階建て以上のアパートだと、一階の集合郵便受箱に郵便物が配達されるので、わざわざ取りにいくのは結構な手間になる。

　二階建てのアパートでも。二階だと、窓にシャッターが付けられていない部屋も多い。僕、シャッターはほしいのだ。たとえ昼間でも寝るときは真っ暗にしたいので。

　一階だと、出入りは楽だが、虫たちの出入りも楽になることが予想される。特に黒くて素早いあの彼らとの自室での邂逅はできる限り避けたい。

　と、まあ、細かいことを言いだせばきりがない。上階だと一階より家賃が高い場合もある。結局は、自分がどの条件を優先するかだ。

　ただ、一つ言えるのは。やはり物件は直接見たほうがいいということ。町も物件も、自分の目で見なければわからない。写真は現場の空気感まで伝えてはくれない。そこは慎重にいきましょう。

など不動産屋さん気分を味わったところで、ようやくゴー！

六両編成で小さくてかわいらしい銀座線に乗り、田原町駅で降りて外へ。

微妙な方向音痴ぶりを発揮して一度進む道をまちがえ、十分後にリスタート。計十七分でどうにか物件にたどり着く。

大通りから一本入っただけで静かになる。東京ならではのこの静けさにはいつも驚かされる。ここは東京、との自覚があるから、それにしては静かだ、と感じられるだけで、実はそう静かでなかったりもするのか。

物件をあとにしてかっぱ橋道具街に入り、そこを北上。

自作に『ひと』という小説がある。両親を亡くした主人公の柏木聖輔《かしわぎせいすけ》が、父と同じ料理人を志し、この道具街で三徳包丁《さんとくぼうちょう》を買う。その場面が出てくるわけではないので、執筆の際に訪ねはしなかった。今回が初訪問。

で、思っていた以上に楽しい場所であることがわかった。

まさに道具街。調理器具。食器。食品サンプル。店舗装飾品。料理人のユニフォーム。様々なものを扱う店がずらりと並んでいる。歩いているだけであちこちに目を奪われ、一軒一軒すべてにお邪魔したくなる。僕は自炊《じすい》をするわけでもないのにそれ。飽きない。

今日は町探索が目的だから素通りするだけだが、いずれまた来よう、と密かに決めて左折。言問《こととい》通りを西に進む。そして昭和通り手前の清洲橋《きよすばし》通りへ。

その辺りはもう浅草より上野に近い。南下して浅草通りに出ると、そこにあるのが稲荷《いなり》町《ちょう》駅だ。

隣駅の田原町へと戻り、左折して国際通りを北上する。

国際通りと言えば沖縄のそれが有名だが、ここも有名は有名。松竹《しょうちく》歌劇団が本拠地としていた国際劇場が通り沿いにあったため、その名になったらしい。

松竹歌劇団も国際劇場も、今はもうない。四千人近く収容できたというその劇場で華やかなレビューを観てみたかったな、と、跡地にある浅草ビューホテルを横目に思う。

こんなふうに、昔ここに何々があった、と考えるのは、楽しくて、ちょっと悲しい。

時は経ってしまう。五十年だって、経てばその五十年という一言で簡単に片づけられてしまう。不動産。土地は動かない。そこで人が動くだけ。土地はなくならないが、人はいなくなる。そこに悲しさの源があるのかもしれない。

悲しい悲しい言いながら、国際通りを渡り、浅草花やしきへ。

行こう行こうと大学生のころから思いつづけている花やしき。もし田原町に住んだら、そのときこそ本当に行こう。改修前のあらかわ遊園で当時最も遅いと言われていたローラーコースターに乗ったからには、ここで日本現存最古のローラーコースターにも乗らなければなるまい。

き通り

## 第六回　台東区
## 浅草も香る田原町

子ども向けの遊園地ではあるが、この花やしきなら、五十すぎのおっさんが一人で行っても許されるような気がする。あぁ、花やしきに一人で来る五十すぎのおっさんなのね、と思ってもらえるような気がする。って、誰に？

今日は外から眺めるだけにとどめ、花やしきを離れる。この辺は観光地としての浅草。カラフルな着物を着た若い女性や人力車を見かける。

浅草寺《せんそうじ》の気配を感じながら、居酒屋が軒《のき》を連ねるホッピー通りを南下する。昼から楽しく飲めそうな場所だ。

煮込み、おいしいですよ〜、と店員さんに声をかけられ、煮込み、おいしいんだろうなあ、といくらか揺らぎつつも我慢して通りを抜ける。

でも我慢するのはお酒だけ。ここでランチタイム。

お店の看板に書かれたその文字を見て即決。今日は釜《かま》めしだ。

釜めし春《はる》さんに入店。五目《ごもく》釜めしを頂く。メニュー写真を見て、おっと思った玉子焼きも頂く。どちらもおいしかった。

その後は、またも浅草寺の気配を感じながら東に進み、隅田川へ。

多摩川を訪ねた前回の大田区編で、隅田川はこれから行く可能性がある、と書いたが、早くも来てしまった。

江戸川も荒川も多摩川も好き。でも東京を代表する川はやはり隅田川なのだろうな、と思う。

『東京放浪』を書いたとき、僕は取材のために日本橋から小型水上バスに乗った。日本橋川・神田川めぐり、という小ツアーだったが、隅田川にも出た。いつもの、町から見る川、ではなく、川から見る東京、がとても新鮮だった。

その隅田川を、隅田公園から眺める。夏には隅田川花火大会がおこなわれる公園だ。左方には言問橋も見える。

言問。こととい。いい名前だ。平安時代に在原業平《ありわらのなりひら》が詠んだ歌からきているらしい。字《じ》面《づら》もいいし、音もいい。カッコいいし、美しい。橋や通りにその名前を付けた人に何らかの賞をあげたくなる。

少し歩いてその言問橋に立ち、対岸の東京スカイツリーをしばし眺める。それから江戸通りに入り、東武浅草駅の横を通る。

浅草という名の駅は四つある。東武鉄道と東京メトロと都営地下鉄とつくばエクスプレスのそれだ。四つもあるのに、ＪＲの駅はない。僕が好きな銀座同様、東京の名高い町としては珍しい例だろう。

と、こうも浅草浅草言ってしまうと、自身、今回は田原町回ではなく浅草回だと錯覚しそうになる。いや、もっと広く、まさに台東区回か。

そこで今一度地図を見る。

第六回　台東区

浅草も香る田原町

確かに台東区は小さい。北に三ノ輪《みわ》駅があり、東に浅草駅があり、南に浅草橋駅があり、西に上野駅がある。ゆったり半日散歩、で区全体をひとまわりできてしまいそうだ。

地図上のJR上野駅と鶯谷《うぐいすだに》駅を、近っ！　と思ったので、検索してみた。駅間九百メートル、徒歩十一分、と出た。徒歩十一分て。それ、駅から駅じゃなく、駅からアパートの距離でしょ。

でも鶯谷の次、お隣荒川区の日暮里《にっぽり》駅と西日暮里駅間は、わずか五百メートル、徒歩七分。ここが山手線内で最も短い区間だそうだ。

ちなみに、最も長い区間は、品川《しながわ》駅と大崎《おおさき》駅間。かつては品川駅と田町《たまち》駅間だったが、高輪《たかなわ》ゲートウェイ駅ができたことで順位が変わったという。

それにしても。山手線はすごい。ひたすらぐるぐるまわる電車なんて、大都市以外には存在し得ない。事実、日本でそれをしているのは山手線と大阪環状線だけらしい。

今やっているこの企画は、二十三区ならどこに住むか、家賃五万円ならどこに住めるのか、というものだが、範囲をより狭め、山手線環内ならどこに住むか、家賃五万円で住めるとこはあるのか、いくらならどこに住めるのか、という企画をやってみたいような気もする。

さて、田原町に戻り、コーヒータイム。

駅の近くにあるfrom afarさんに入る。思いのほか広く、きれいな店だ。若いお客さんが多い。

その若さに煽《あお》られ、ついついマキアートを注文した。背伸びをするおっさん。ちょっと恥ずかしい。でもおいしかったから、よしとした。

この田原町に自作の登場人物は誰も住んでいない。が、台東区ということなら、三ノ輪に『その愛の程度』の高橋成恵《たかはしなるえ》が住んでいた。この田原町にも誰かしら住ませたいな、と今は思っている。

小さな小さな台東区。その真ん中よりやや東南にひっそりとある町。今は駅名としてのみ存在する田原町。

侮《あなど》れない。


（二〇二一年四月）

# 第七回　豊島区
# 隣駅の魅力に満ちた要町

大規模ターミナル駅で電車に乗るのは大変だ。

人込みをすり抜けて、改札を通って、長いエスカレーターに乗って。ホームではまた人込みをすり抜けて、列の後ろに並んで、もう発車メロディ鳴り終わってるけど乗れんの？これほんとに乗れんの？　とやや不安になって。

乗るだけでひと仕事終えた気分になる。

アパートからその駅まで徒歩十分と言われても、とてもじゃないが十分後に電車に乗れているイメージは持てない。プラス五分は大げさとしても、プラス三分程度の余裕は見たくなってしまう。

そこで浮上するのが隣駅。

例えば新宿区には新宿駅があり、渋谷区には渋谷駅があり、豊島区《としま》には池袋駅がある。これら大規模ターミナル駅の隣駅というのは狙い目であるような気がする。

特に、その大規模ターミナル駅まで楽に歩いていける隣駅。新宿なら初台《はつだい》ではなく西新宿、渋谷なら池尻大橋《いけじりおおはし》ではなく神泉《しんせん》。帰りは乗り換え電車を待たずに歩いちゃうか。それができるならかなり便利だ。

今回は豊島区。その感じで、池袋の隣駅、要町《かなめちょう》を選んでみた。

西新宿はまだ新宿感が強いだろうし、神泉もまだ渋谷感が強いだろう。でも要町は、山手《やまて》通りを挟むこともあり、池袋感はさほど強くなさそうに見える。

# 第七回　豊島区
## 隣駅の魅力に満ちた要町

ＳＵＭＯで検索。いつもどおり、管理費・共益費込みで家賃五万円のワンルーム。西新宿や神泉ではゼロなのに、要町では百件弱ヒット。つまり物件そのものも多いということだろう。

なかでもいいと思ったのはこれ。駅から徒歩二分、築五十二年、五・九畳で家賃五万円、というもの。

徒歩二分は近い。要町駅まで二分で行けるということは、池袋駅まで十五分程度で行けるということだ。マジか。

ならば確かめましょう、そうしましょう。

というわけで、要町駅に降り立ち、地上に出たその足でいきなりバック・トゥ・池袋。都道池袋谷原《やはら》線を行く。

実を言うと、僕は池袋にあまりなじみがない。だから土地鑑《かん》もない。新宿も渋谷も、あると言えるほどではないが、池袋は、来たこと自体がほとんどない。はっきり覚えているのは、三省堂書店池袋本店さんにサイン会で呼んでいただいたときの一度だけ。

いや、ちがう。思いだした。中学生のときにも来ている。雑誌ぴあから情報を得て、池袋日勝《にっしょう》文化劇場という映画館に、ジャッキー・チェンの『蛇拳《じゃけん》』と『笑拳《しょうけん》』の二本立てを観に来たのだ。友だち二人、Ｎくんと Ｋくんと。

レンタルビデオ店が一気に増えるのはそのあと。映画は、まだ映画館か、テレビでやっていた水野晴郎《みずのはるお》さんの水曜ロードショーや高島忠夫《たかしまただお》さんのゴールデン洋画劇場や淀川長治《よどがわながはる》さんの日曜洋画劇場で観るしかなかった。だから、高い電車賃をかけてわざわざ池袋に出向いたのだ。確か、『蛇拳』のほうはすでにテレビで観ていたのに。

懐かしい。というか、よく思いだしたな。というか、よく覚えてたな、日勝文化なんて。場所と記憶が結びつくことの典型かもしれない。

さて、十五分程度で池袋駅に行けることがあっさりわかり、今度は池袋西口公園を横目にメトロポリタン通りを行く。

ポリタンと聞けば、人間、どうしてもナポリタンを想像してしまうが、メトロポリタンは、都会的であること、都会人、といった意味だ。

と偉そうに言っているが、実は念のために調べた。

同じように、よく知らないまま口にしている言葉は結構ある。ほかのポリタンで言えば、コスモポリタンとか。そちらは、世界的視野や行動力を持つ人、国際人、だそうだ。

言葉はおもしろい。日本語と外国語では、互いに一言でうまく置き換えられないものがたくさんある。だからそのままつかうしかなく、理解もされづらいのだろう。

とたまには作家っぽいことも言ってみたが、これ以上はボロが出るのでそこまでにしておく。

西池袋通りに出たらすぐに劇場通りに入り、もと来たほうへ戻る。そして立教《りっきょう》通りへ。ま

## 第七回　豊島区
## 隣駅の魅力に満ちた要町

さに立教大学を突っ切る通りだ。

こちらへ歩いてくる多くの学生さんたちとすれちがう。

今の学生さんたちは、三十年前に学生であった自分より遥かにあか抜けている。立教通りに迷いこんだこのあか抜けない坊主頭のおっさんはいったい何なのか、と思われてなければいい。

東京六大学でほかの五大学は、小説の登場人物が通う大学、と何となく想定したことがあるが、立教大学は唯一ない。結局、土地鑑がないからだ。著者である僕自身が地の利を活かせないから。

現に、最寄駅は池袋だとずっと思っていた。でも要町のほうが近いことを知った。大学正門までは池袋からなら約七分で要町からなら約六分と、立教大学さんのホームページにも出ていた。ＪＲや東京メトロ丸ノ内線や西武池袋線を利用する人は池袋から行くだろうが、東京メトロ有楽町線や副都心線を利用する人なら要町から行くかもしれない。

とそう思っただけなのに、そしてあか抜けた学生さんたちとただすれちがっただけなのに、早くも立教大学との縁ができたように感じる。

立教大生を想定する日も近そうだと確信しつつ、西池袋通り経由で豊島区立谷端川《やばたがわ》南緑道へ。

この豊島区編で訪ねる町は要町、と決めてから、地図を見て気づいた。今回初めて、探索する範囲に川がないのだ。

かつてはここに谷端川というものがあったらしい。豊島区のホームページによればこう。密集する住宅地のなかを南北に走る、全長約一・七キロメートルの緑道です。谷端川は、河川としては昭和三十七年に廃止され、暗渠《あんきょ》の下水道幹線として使用されるようになりました。

川に廃止という言葉はそぐわない。が、実際に廃止されることもあるのだ。

昭和三十七年といえば、僕が生まれるより前。ほかにも、なくなったものやつくりかえられたものは数多くあるだろう。そんなふうに、東京の町は、より暮らしやすいよう整えられていったのだ。でも町に川がないのはちょっとさびしい。

さびしいさびしい言いながら、みたけ通りにぶつかったところで左折。首都高速中央環状線の高架をくぐってまた左折。少し進んでえびす通りに入る。

住宅地内の細い道だ。まっすぐではない。ゆるやかなカーブを描いている。左右にいくつか飲食店もある。

いざランチ。暖簾《のれん》にとんかつと書かれた丸幸《まるこう》洋食店さんに入る。

迷った末に、丸幸ランチを頂く。からあげ、魚フライ、かにコロッケ、ウィンナーサラダ。うれしいことに、山菜の小鉢も付いてきた。僕は山菜が好きなのだ。そば屋のメニューに山菜そばがあれば、まず頼んでしまう。山菜そばと山菜丼のセット、なるランチメニ

ューがあっても頼むかもしれない。

おいしいご飯に満足しての、後半。

要町駅に立ち戻って、リスタート。おぉ、確かに徒歩二分、と物件を外から見たうえで、豊島区立千早《ちはや》フラワー公園へ。

ここには都営地下鉄12号線試作車両がある。12号線というのは大江戸線のことだ。蒸気機関車のD51だったりしないところが絶妙。いや、都営線て。とつい笑ってしまう。都営線に乗るときに、うわぁ、都営線だ、とは思わないのに、こんなふうに公園にあると、うわぁ、都営線だ、と思ってしまうこの不思議。公園に行ったら地下鉄車両。その唐突感というか無造作感がたまらない。

前は、車両に入って見学することもできたらしい。今は、扉の破損のため開放は休止しているそうだ。残念。

公園を出て、南下。椎名町《しいなまち》サンロードで、いつもより早めのカフェタイム。サイフォニスタさんに入る。小さいがとてもきれいな店だ。

モカとトラジャ。二種類あったストレートコーヒーから、モカを頂く。おいしかった。町歩きとコーヒーは、やはり切り離せない。

もう、何なんでしょうね。人生におけるコーヒー、というかカフェの意義。とりあえず立ち止まり、コーヒーを飲む三十分。そのあいだに人は自身を微調整するのかもしれません。あちこちを締めたり、ゆるめたり。

今回の要町には、自作『東京放浪』の長谷川《はせがわ》小春《こはる》が住んでいた。その後、彼女は、大森《おおもり》、町屋《まちや》へと移る。そうやって、必要に迫られなくても二十三区内で転居をくり返す人は案外いるだろう。基本、どこに住んでも不便はないから。

西武池袋線椎名町駅の前を通り、山手通りに出て、東京メトロの要町駅へ戻る。徒歩十分強。近いのだ。

そう。東京は、町と町が近い。こことここ、こんなに近いんだ、と驚かされることがよくある。町外れ、に当たる部分がないからそうなるのかもしれない。

どこそこに近い町、という選び方も充分ありだな、とあらためて思う。どこそこに近いということが、東京ではその町の個性にもなり得るのだ。

池袋に近い要町。

ありだ。

（二〇二一年五月）

# 第八回　葛飾区
# まどろみ落ちつくお花茶屋

葛飾区《かつしか》のことは、知っているようで知らない。

亀有《かめあり》や柴又や金町《かなまち》や青砥《あおと》といった町があることは知っているが、どの町にも行ったことはない。例えば青砥は駅名のみ青砥で地名としては青戸だということは最近知ったくらいだ。

区の全体像もうまくつかめてはいない。ＪＲの小岩駅は江戸川区だからと油断していると隣の新小岩駅は葛飾区だったりする。なのにその隣の平井駅はまた江戸川区だったりもする。

ということで地図を見たら、案外わかりやすかった。江戸川区のがっつり北が葛飾区なのだ。東から順に江戸川と中川《なかがわ》と荒川が流れているのも同じ。

で、どの町にするか。

今回はもう名前で決めた。お花茶屋《はなぢゃや》。まさにその名前を知っていただけ。ほかの情報は何一つ持ち合わせていなかった。にもかかわらず、即決。惹かれた。

だって、そうだ。どこに住んでるの？　お花茶屋。言いたくなる。自分のいないところで、あいつお花茶屋に住んでるらしいよ、と言われたら、何かちょっとうれしい。

ちなみに、京成《けいせい》本線の西隣駅は堀切菖蒲園《ほりきりしょうぶえん》。こちらもまた魅力的だが、堀切というのが地名なのだろうとの推測ぐらいはできる。お花茶屋は、その推測すらさせない。何、どういうこと？　としか思わせない。

# 第八回　葛飾区
## まどろみ落ちつくお花茶屋

ここで言ってしまうと。お花茶屋は、駅名だけではない。ちゃんと地名にもなっている。葛飾区お花茶屋。一丁目から三丁目まである。

由来はこうらしい。江戸幕府八代将軍徳川吉宗《とくがわよしむね》が鷹狩りをしていたときに腹痛を起こした。が、茶屋の娘お花の看病により快復した。だから、お花茶屋。すごい。何すか、その決め方。

ということは、万が一僕が首相にでもなり、腹痛に見舞われたところをカフェの佳織《かおり》さんにたすけられたとしたら、将来的にそこの地名が、葛飾区佳織カフェ、になる可能性もあるということだ。夢は広がる。

管理費・共益費込みで家賃五万円のワンルーム。いつもの条件で検索したら、何と、百五十件以上ヒット。初めて余裕が出た。選べる！　と思った。それだけでもうこの町が愛しい。

駅から徒歩七分、四・七畳で家賃四万九千円という新築に近い物件を選び、町の探索を開始。

僕はできれば一日一時間歩きたい。だから散歩のコース設定は大事。で、こちら葛飾区、となれば、その次には当然、亀有、という言葉が出てくる。まずはその亀有に向かう。

徳川吉宗とお花を感じながら歩く。ここまで徳川吉宗を身近な存在として意識するのは初めてだ。僕もお腹は決して強くないからやや不安。痛くなったらお花や佳織は現れてくれるのか。

今回も、探索する範囲に川はない。

かつては曳舟川《ひきふねがわ》というものがあったらしい。

それが現在、ここ葛飾区では曳舟川親水公園となっている。

区のホームページによれば。曳舟川の面影《おもかげ》を残し、水をテーマとして整備された南北延長約三キロの公園とのこと。亀有から、お花茶屋と隣接する白鳥《しらとり》を通って四ツ木《よぎ》まで続くそうだ。

前回の豊島区編でも同じような緑道があった。そちらは暗渠の下水道幹線となったが、こちらは埋め立てられたらしい。

せめて水感は残そうと、緑道や親水公園にする例は多いようだ。実際、こうして東京を歩いていると、各地に緑道や親水公園と名の付くものがあることに気づく。

そこを三十分弱歩いて亀有駅へ。そしてせっかくなので駅の向こうにある亀有公園へ。

駅前。公園。いたるところに銅像の両津勘吉《りょうつかんきち》氏がいた。

僕はあまり漫画を読まなかったが、『こちら葛飾区亀有公園前派出所』は中学生のころによく読んだ。

こち亀は全二百巻。すさまじい。僕も『みつばの郵便屋さん』というシリーズの小説を書かせてもらっているが、六巻でふうふう言っている。約十年で六巻だから、二百巻出させてもらうには約三百三十年かかる。

考えてみたら、葛飾区には、二百巻の亀有の両さんのほか、全五十作となった柴又の寅《とら》さんもいる。強い。

両さんに別れを告げ、通りを戻る。今度はお花茶屋の手前にある上千葉砂原《かみちばすなはら》公園へ。前回豊島区編の千早フラワー公園にあった都営線車両に関して、蒸気機関車のD51だったりしないところが絶妙、と書いたが、今回はそのD51が登場した。園内に展示されているのだ。そして運転台にまで入れた。

鉄道といえば、小学生のときに流行《はや》ったNゲージを思いだす。レールの間隔は九ミリ、リアルな鉄道模型だ。電気で走らせることもできる。

僕も買った。で、レールを陸上競技のトラックのようにつなげて電車をぐるぐる走らせた。で、飽きた。

Nゲージは立派な趣味だ。突きつめれば、たぶん、すごく楽しい。が、僕は無理をしてしまった。自然と好きになったのではなく、好きになりにいってしまった。流行りものに乗っても満足などできないことを、そこで悟った。

ほかにも、何らかのカード集めだとかの小学生らしい流行りものはたくさんあった。それらにも乗りきれなかったのに、Nゲージにも乗ってしまった。なけなしのお年玉まではたいてしまった。

何かを好きになるならちゃんと自分で好きになれよ。十代に入りたての若き僕はそんなことを思った。

五十代に入ってしまった今の僕は、ちゃんと自分で豆腐やもずく酢や夜やセロニアス・モンクのソロピアノを好きになっている。悪くない。のか？

公園をあとにして、お花茶屋の住宅地を歩く。

町を知るなら一方通行路を歩くべし。そこにこそ町の匂いは漂う。また意外と歩きやすかったりもするのだ。片方から来る車だけに注意していればいいから。

そしてお花茶屋公園にたどり着く。

チャンス！　と思う。何チャンス？　ブランコチャンス。

この企画のどこかで乗ってやろうと狙っていたのだ。探索中に各公園で何度も見かけ、そういや何十年乗ってないだろう、と思ってもいたので。

オーバーフィフティブランコ・アット・お花茶屋パーク。いい。

ちょうど空いていたブランコに座り、まずは、ベンチ代わりに座っただけですよ、という無駄演技を披露。その後、座ったからには漕いでみようか、というさらなる無駄演技を経て、実際に漕ぐ。結構漕ぐ。勢いよく。そのまま前に放り出されるんじゃないか、というくらいに。

ガキのころから、僕はブランコに酔っていた。陶酔《とうすい》、の酔いではない。乗物酔い、の酔

い。いざ乗ってみたら今もやはり酔いそうなので、早めに終了。

でも、自分が動くことで生まれるブランコ漕ぎ特有の風を頰に感じられて楽しかった。次はどこかの区で立ち漕ぎに挑むのも悪くない。

五十すぎのおっさんが公園でブランコを立ち漕ぎ。さすがにヤバいかもしれない。不審者、や、職質、といった言葉が頭に浮かぶ。職質されたら何と答えよう。どうしても立って漕ぎたかったのです、かな。

ブランコのあとはお昼。公園のすぐ近くにあるキッチンポパイさんでご飯。

お昼のサービスランチ、牛肉のステーキ、を頂く。普段肉をほとんど食べない僕にしては珍しい。自分でステーキを頼んだのは、おそらく初めて。もちろん、おいしかった。

さあ、探索を再開。いきなりぽんと現れたお花茶屋図書館に寄る。

僕の本の所蔵は四冊。二冊は姿が見えなかった。借りられていたのならうれしい。もう少し言えば、お花茶屋図書館という名前の図書館に自分の本が置かれていること自体がうれしい。

図書館を出ると、物件がある場所へ。

そこは穏やかとしか言いようがない住宅地。これまでで最も静か、との印象さえある。刺激はないが、その代わり落ちついて過ごせそうだ。

また一方通行路を歩き、お花茶屋の端まで行ったら通りをかえて、戻ってくる。

## 第八回　葛飾区
## まどろみ落ちつくお花茶屋

道のずっと先、彼方に東京スカイツリーが見えることにふと気づく。台東区編で見えたのはわかるが、ここでも見えるのか。まさにランドマーク。まだ上ったことはないが、あれはこんなふうに遠くから眺めるものなのかもな、とあらためて思う。そういえば、『まち』という小説にもそんなことを書いた。

駅の近くのBeBe《べべ》さんに入る。

コーヒーを頼むつもりが、メニュー表にあった手書き文字、バンホーテンココア、にそそられる。甘くはないですし生クリームなしにもできますよ、とお店のかたが言ってくださるので、お願いした。ブランコばりに久しぶりのココア。おいしかった。昔母が入れてくれたそれを思いだした。

ここお花茶屋には、自作『片見里荒川コネクション』の牛島《うしじま》しのいが住んでいる。しのいさんは、お金を取りに来た振り込め詐欺の受け子にお茶とお菓子を出してしまう人のいいおばあちゃんだ。この穏やかな町に、本当に住んでいそうな気がする。

亀有とちがい、駅前にはロータリーがない。喧噪《けんそう》もない。いい意味でまどろめる町、お花茶屋。住める。

（二〇二一年六月）

第九回　品川区

# 町に紛れる
# 大森海岸

名前は知っているが一度も乗ったことがない電車。都内にはそれが結構ある。この企画はあくまでも住める町探し。とはいえ、知らないものにはなるべく触れていこうと思っている。

二十三区でも東部以外は疎い僕にとって、品川区では京急がそれ。京浜急行電鉄。青物《あおもの》横丁《よこちょう》という駅名が昔から気になってもいたのだ。

実際、前回の葛飾区編のお花茶屋のように、名前で決めそうになった。が、それが続くのもどうなんだ、と踏みとどまり、今回は、南端も南端、ギリ品川区の大森海岸《おおもりかいがん》を選んだ。もうギリもギリ、駅から出て大森海岸通りを向こうへ渡ってしまったらそこは大田区、という位置だ。ＪＲの大森駅にも十分かからずに歩いていける。

ＳＵＵＭＯで検索。さすがに品川区なので、いつもの条件の五万円では収まらなかったが、いいのが見つかった。駅から徒歩五分。築三十五年。六・五畳で家賃五万五千円。

初京急。品川から赤い車両に乗りこんだ。厚みがあってやわらかな座席シートを十分間楽しみ、大森海岸で下車。

まずは物件の場所をチェック。

駅名に海岸が付くぐらいだから、品川区のなかでも海寄り。周りに一戸建てはほとんどない。アパートやマンションは多いが、これぞまさにの住宅地、ではない。住むというよりは、居る。町に紛れる、という感覚になりそうだ。

でも僕、その感覚はかなり好き。千代田区編の神保町でも思ったが。家を出たらそこは街、すぐに街、という環境にはそそられる。何なら、家そのものは雑居ビルの一室でもいい。家感はなくてもいい。

街なかにぽんと自身の私的空間がある、それを確保できている、という事実にそそられるのかもしれない。別に隠れるわけではない。紛れる。消えるわけでもない。居る。そのあたりは、いずれ小説に書いてみたい。

交通量の多い第一京浜を渡り、しながわ区民公園へ。

大森海岸駅から隣の立会川《たちあいがわ》駅に迫るところまで続く広い公園だ。そこにはしながわ水族館がある。

考えてみたら、水族館にはあまり行ったことがない。五十を過ぎて植物のことも魚のこともよく知らないのは恥ずかしい。川が好きだというなら、そこにいる生きものたちのことを知るべきかもしれない。アパートからここまで近ければ、年に一度は行けるだろう。行け。行くためにも、住め。

水族館の横は、勝島《かつしま》の海。といっても、本物の海ではない。運河の海水を浄化して取り入れた池らしい。そこにはレストランがせり出している。水辺でご飯。悪くない。

公園を北上し、競馬場通りに出て、西へ。

勝島橋で京浜運河を渡る。運河、のイメージを超えて、幅が広い。川と言われてもわからない。見分けはまるでつかない。

東京は、川も多いが運河も多い。特に江東《こうとう》区から港《みなと》区、そして品川区にかけてだろうか。運河という言葉にはちょっと惹かれる。水運を用いるために人工的につくられた水路。陸地を掘ってでも水を引く。人が水を求めるその感じがいいのかもしれない。

橋を渡った先は、大井《おおい》ふ頭《とう》中央海浜《かいひん》公園なぎさの森。

ここは、確かに森。唐突に、森。鬱蒼《うっそう》感もそこそこある。公園なのに人は少ない。この感じはすごい。品川区はこんな場所です、とここだけを紹介したら、まちがいなく誤解されてしまう。

京浜運河沿いの夕やけなぎさに出る。

広くはないが、ちゃんと砂浜。潮も薫《かお》る。ひざまで水に浸かって釣りをしている人もいる。ただし、一人。地図で見ると、この辺りまでが品川区らしい。

また森を抜け、公園をあとにする。

競馬場通りを戻り、左折して、旧東海道を南下。

旧東海道、と聞けば華やかそうだが、何のことはない。ただの一方通行路。その旧の文字に過ぎ去った時間を感じる。

そこを進むと、いきなりこれが現れる。

鈴《すず》ケ《が》森《もり》刑場《けいじょう》跡。

読んで字の如く。死刑が執行されていた場所だ。江戸時代の慶安四年から明治四年までの二百二十年続いた刑場だという。火炙《ひあぶり》や磔《はりつけ》などがおこなわれていたらしい。

町には人がいる。人がいるということは、当たり前に死があり、時には罪もあるということだ。

のんきに町歩きをしているだけではあるが、あらためてそんなことを思う。過ぎ去った時間のおかげで、僕らは、刑場、を生々しく感じずに今この瞬間を過ごしていられるのだな。と。

歩道橋で第一京浜を渡り、京急の高架をくぐって、桜新道《さくらしんみち》へ。

さっき見かけたので、忘れないうちに書いておく。現物を見つけたときに書こうと、前々から思っていたのだ。

何も二十三区に限ったことではないが、町には駐車場が多い。機械式駐車場。狭いスペースに何台も駐《と》められるよう設置された、ものによっては上下何段にもなっているあれ。車に乗らないからか、僕はいまだにあの仕組がわからない。車はどうやって上段に行くのか。下段にほかの車が駐まっていたら出られないのか。どのタイミングでドライバーは車に乗るのか。

町で見かけるたびに思う。あとで調べよう、とも思うのだが、忘れる。結果、ず〜っと謎。

## 第九回　品川区
## 町に紛れる大森海岸

で、調べる前にこうして書いてしまった。書いてしまったから、たぶん、もう調べない。この先も、ず〜っと謎。

不思議なもので、この手のちょっとした疑問は、誰かに答を聞いても忘れる。だから自分が誰かに訊かれても答えられない。あ、これ、答聞いたんだよなぁ、と思いつつもその答自体は思いだせないもどかしさたるや。じゃあ、今ここで調べなさいよ、とさらに思うが。調べないんすね、これが。何せ、ちょっとした疑問だから。

ついでにもう一つ書いてしまう。これも忘れないうちに。

よく個人宅に隣接した駐車場の壁や柵などに、前向き駐車、と書かれていることがある。あれはその個人宅に排気ガスが向かわないようにするためらしいが、あの文字を見るたびに僕は笑ってしまう。駐車がんばります！　自分なりにやってみます！　と苦手な駐車に前向きに挑む健気なドライバーをついつい想像して。

似たようなものでは、燃えるごみ、もそう。これも笑ってしまう。ごみ置場に置かれたパンパンにふくらんだごみ袋が、うぉ〜、やったるでぇ〜、と熱くなっているのをついつい想像して。

燃えるごみ、という文字は、前向き駐車、とはくらべものにならないくらいよく見る。ほぼすべてのごみ置場に書かれているから当然だ。なので、僕はほぼ毎日、町を歩きながら笑っている。うぉ〜、歩いたるでぇ〜、と密かに燃えたりもしながら。

以上。

余談、長すぎ。

と、ここでランチタイム。環球《かんきゅう》中華食堂南大井店さんに入る。

台湾みそラーメンと麻婆飯《マーボーハン》、という若々しいセットを頂く。おいしかった。どう調理されてもやはり豆腐は好きだな、と実感。

その後は、ここもギリ品川区の映画館、キネカ大森へ。

アパートの近くに映画館があるのはデカい。そこはスクリーンが三つ。週替わりで、名画座二本立て、などもやっている。そんなところへ歩いていけるのなら、行ってしまう。下手をすれば毎週行ってしまう。

それが西友《せいゆう》のなかにあるというのもいい。かまえずに行ける。二本立てなら四時間。これまでのところ、僕は西友に四時間滞在したことはない。

今日はランチ前に長く歩いたため、ここで早くもコーヒータイム。大森海岸の駅前も駅前、駅出入口のすぐ隣にあるUCCカフェプラザ大森海岸店さんに入る。

意外にもストレートコーヒーを置いてくれていたので、コロンビアスプレモを頂く。

決して広くはないし、内装もシンプル。UCCさんの名を冠しているわけだから、チェーン店はチェーン店だろう。

でもこの手のお店、実は書くのに向いている。

## 第九回　品川区
## 町に紛れる大森海岸

僕はパソコンで本書きする前に必ず手書きで下書きをするので、たまにはそれをカフェでやることもある。最近はもうわざわざやりに行きはしないが、下書きをしている時期に打ち合わせなどで町に出る機会があればやる。カフェで二時間がっつり書く。たまのそれは、いい気分転換になるのだ。

新人賞に応募していた二十代のころは、もう、気分転換の嵐。銀座のカフェを三軒まわって書いたりもしていた。

毎回、コーヒー三杯で二千五百円ぐらい払っていた。ほかに往復の電車代も千円以上払っていた。銀座で書けばいいものが書けるとでも思っていたのか。

結果は。落選落選また落選。アホだ。

そのアホさが懐かしい。と言ってはみるものの。もう若くない今、僕はまた別の種類のアホだったりする。いやぁ。成長しませんよ、人は。

自作『東京放浪』の長谷川小春がかつて大森に住んでいた。豊島区編で訪ねた要町のあとにそこへ移ったのだ。そして次は荒川区の町屋へ移る。まさに東京放浪だ。主役は森くんこと森由照《もりよしてる》で、この小春は脇役なのに。

自身あちこち歩いた今はその気持ちがわかる。あ、ここは住んでみたいな、と思わせる町が多いのだ。東京は。

大森海岸。微かに潮が薫り、もう若くない僕をも紛れさせてくれそうな町。

紛れたい。

（二〇二一年七月）

## 第十回　荒川区
# 都電が愛しい東尾久三丁目

この企画のどこかで乗ろうと思っていたブランコには葛飾区編のお花茶屋で乗った。

もう一つ、路面電車の都電荒川線、愛称は東京さくらトラム、にも絶対にどこかで絡もうと思っていた。

可能性があるのは、荒川区と北区と豊島区、あとは終点の早稲田《わせだ》とその手前の面影橋《おもかげばし》とでギリかかる新宿区。

でも東京都交通局が自ら都電荒川線と言っているのだからそこはあなた荒川区で絡みなさいよ。

ということで、今回は東尾久《ひがしおぐ》三丁目停留場。初めて、駅、ではなく、停留場、だ。

はい、ＳＵＭＯで検索。条件はいつもどおり。管理費・共益費込みで家賃五万円のワンルーム。

残念ながら、それで収まるフロ付き物件はなかった。が、五千円アップで即ヒット。停留場から徒歩五分。築三十四年。家賃五万五千円。決定。

町屋駅前停留場で、たった一両のかわいい電車に乗る。早稲田行きだ。

恥ずかしながら、僕はいまだにＩＣカード乗車券を持っていない。だから現金払い。前のドアから入ると、それを見とった運転手さんが、小銭はこちらへお願いします、と声をかけてくださった。お気遣いに感謝。これだけで早くも、住みたい、に傾く。

そして二つ先の東尾久三丁目に降り立つ。一律料金の乗車時払いなので、改札はなし。出

## 第十回　荒川区
## 都電が愛しい東尾久三丁目

入り自由。停留場自体もかわいい。

まずは五分歩いて物件へ。

たまたまだが、この辺りは、自作『片見里荒川コネクション』で、中林継男《なかばやしつぐお》が住む風見《かざみ》荘《そう》、を想定した場所のすぐ近くだ。大田区編の蒲田と同じような、町工場が交ざる住宅地。下町っぽく、ほどよい密集感がある。

それから、東京都立大学荒川キャンパスのわきを歩く。

ここは自作『ひと』にそのまま登場させた。看護師を目指す井崎青葉《いざきあおば》が通っていた。そのころは、首都大学東京、だったが、令和二年四月に今の、東京都立大学、に改称された。このキャンパスにあるのは健康福祉学部のみ。小規模だが施設は充実していると聞く。

そのまま北上し、隅田川に出る。

これは皆さん当たり前にご存じかもしれないが。荒川区に荒川は流れていない。区境を流れるのは隅田川だ。そのすぐ先が荒川だったりはするのだが、かすめてはいない。現在の隅田川がかつては荒川と呼ばれていたのでそうなったらしい。

ただし、荒川区荒川という町は荒川区の中央にドーンとあるのでひと安心。その隣が東尾久だ。

荒川区の端に立ち、隅田川を眺める。見えはしないが、その二百メートルほど向こうを荒川が流れている。行こうと思えばすぐ行ける。東京著名川のダブル。贅沢だ。

少し東に歩いて都立尾久《おぐ》の原《はら》公園へ。

ここは広い。いい意味で、整備されていない。というか、され過ぎていない。広場というよりは原っぱ。湿地やトンボ池がある。春には桜も咲くという。

この公園も、『片見里荒川コネクション』で中林継男と小本磨子《おもとまこ》が歩いた。七十五歳男女のお散歩デートだ。東京ではこの何もなさこそが貴重よね、とは小本磨子の弁。

ついでに、その二人も行った荒川区立町屋図書館に寄る。

『片見里荒川コネクション』も『ひと』も置いてくれていた。借りられてもいた。ありがたし。

その後、尾久の原防災通りを南下。この企画中に初めて雨に降られるも、どうにか逃げきって、早めのランチ。

東尾久三丁目の隣、町屋二丁目停留場の近くにある丸福《まるふく》食堂さんに入る。

和食に中華にカレー。何でもあるこれぞまさにの食堂。ここは大人感を出して塩サバ定食を頂く。が、ついつい子ども感も出してハムエッグも頼んでしまう。

おいしかった。いやぁ、これはもう、通ってしまいますね。定食に加え、ヤッコだのオニオンサラダだのも頼んでしまいますね。

食べているあいだに天気も速攻回復。さすが夏。

# 第十回　荒川区
## 都電が愛しい東尾久三丁目

ということで、探索を再開。

尾久本町《ほんちょう》通りを歩いて日暮里・舎人《とねり》ライナーの高架軌道をくぐり、東尾久の西部へ。しばらくはその高架沿いに北上し、日暮里・舎人ライナーと都電荒川線が交差する熊野前《くまのまえ》へ。角には熊野前郵便局がある。その熊野前郵便局の前で、『ひと』の柏木聖輔と井崎青葉が最後に待ち合わせをする。小説を書く前に訪ねたが、それ以来。久しぶりだ。

聖輔、君はがんばったよ。おかげで、僕のそれとは思えないくらい多くのかたがたが本を読んでくださったよ。

といくらかウェットなことを密かに考えて、さらに西へ。都道白山《はくさん》小台《おだい》線に入り、小台《おだい》橋《ばし》へ。

そこにはブロンズ像がある。空を見る少女。だという。

わかる。僕はおっさんだが空を見る。この企画でも、途中途中で何度も見ている。東京にいると、どうしても空が見たくなるのだ。ビルなどの高い建物に侵食されて狭くなるからこそ、見たくなる。

次いで、近くのあらかわ遊園に向かう。

東京二十三区内唯一の公営遊園地。リニューアル工事で休園中であることは知っている。

二〇二二年春ごろにオープンだという。

このあらかわ遊園にも、『ひと』の柏木聖輔と井崎青葉が来た。日本一遅いと言われてい

## 第十回　荒川区
## 都電が愛しい東尾久三丁目

たコースターに乗り、観覧車にも乗った。

僕も乗った。観覧車のミシミシいう生々しいスリルを味わった。老朽化したからこそのリニューアルなのだが、あのミシミシを味わえなくなるのはちょっとさびしい。

すでに完成している新観覧車を園外から眺め、荒川遊園通りを歩いて都電荒川線の荒川遊園地前停留場に出る。

軌道沿いを今度は東に歩き、小台停留場を通過、宮ノ前《みやまえ》停留場へ。

そこで右折し、細い通りを南下。変電所のかなり高い赤白電波塔のわきを通って左折。少し歩いてまた左折。

おぐぎんざ商店街に入り、さらに、はっぴいもーる熊野前商店街へ。

この辺りは、『片見里荒川コネクション』で大学五年生の田渕海平《たぶちかいへい》が中林継男を捜し歩いた場所だ。こうして商店街があること、そしてちゃんと活気があること、によそ者ながら安心する。

今日は後半が長めだったので、そこでようやく、待ってましたのコーヒータイム。ロン珈琲店さんに入る。

メニューにストレートコーヒーを見つけ、キリマンジャロを頼む。

その到着を待っていたら。窓際の席は陽が直接当たって暑いでしょうからよろしければこちらへどうぞ、とお店のかたが声をかけてくださった。ちょうど奥の席が空いたので、すぐに言ってくださったのだ。お言葉に甘え、移動。実際、奥は涼しかった。ここでもお気遣いに感謝。コーヒーもおいしかった。お気遣い分のおいしさも確実に上乗せされていたはずだ。

店を出ると、歩道橋で尾久橋《おぐばし》通りを渡り、再び東尾久の東部へ。

また少し軌道沿いを歩き、東尾久三丁目停留場に戻る。

東尾久やその近辺を約二時間歩いて、思った。この辺りは、何というか、町が肌に近い。肌に合うという意味ではなく、肌に近い。町がクッと自分に寄ってくれる感じがする。いるだけで体が町に包まれるような感じがする。それは結局、肌に合うということかもしれない。

歩いているあいだ、僕は何だかんだでずっと都電荒川線を意識していたような気もする。電車や軌道そのものが直接は見えないところにいたときも、だ。

決してうるさくはない走行音。どこか丸みを帯びた踏切の警告音。それらがうまく町の音になっている。

もしここに住んだら、やはりずっと都電荒川線を意識するのだろうな、と思う。たぶん、無意識にそうなるのだ。無意識に意識。矛盾するが、それが当たり前になる。悪くないな、とも思う。

探索はこれにて終了。東尾久三丁目停留場から都電荒川線に乗る。三ノ輪橋《みのわばし》行きだ。

## 第十回　荒川区
## 都電が愛しい東尾久三丁目

発車の際には、チンチン、と鐘が鳴る。これは、動きますよ、転んだりしないようご注意ください、という乗客への合図らしいが、まあ、演出の意味合いもあるだろう。だとしても、鳴ってほしい。鳴りつづけてほしい。

今回はほぼ、自作の舞台たどり回、になってしまった。

『片見里荒川コネクション』と『ひと』以外にも、この辺りは出てくる。

『東京放浪』では、長谷川小春が小料理屋小町《こまち》をやっている。中林継男と田渕海平も行った焼鳥屋とりよしには、この『東京放浪』の森由照と俳優前島源治《まえじまげんじ》も行く。その二人は店の前で殴り合いのケンカをする。森由照は路上にゲロを吐きさえする。

変な話、登場人物にゲロまで吐かせるほど、僕はこの町に親しみを感じているのだ。住めないわけがない。

（二〇二一年八月）

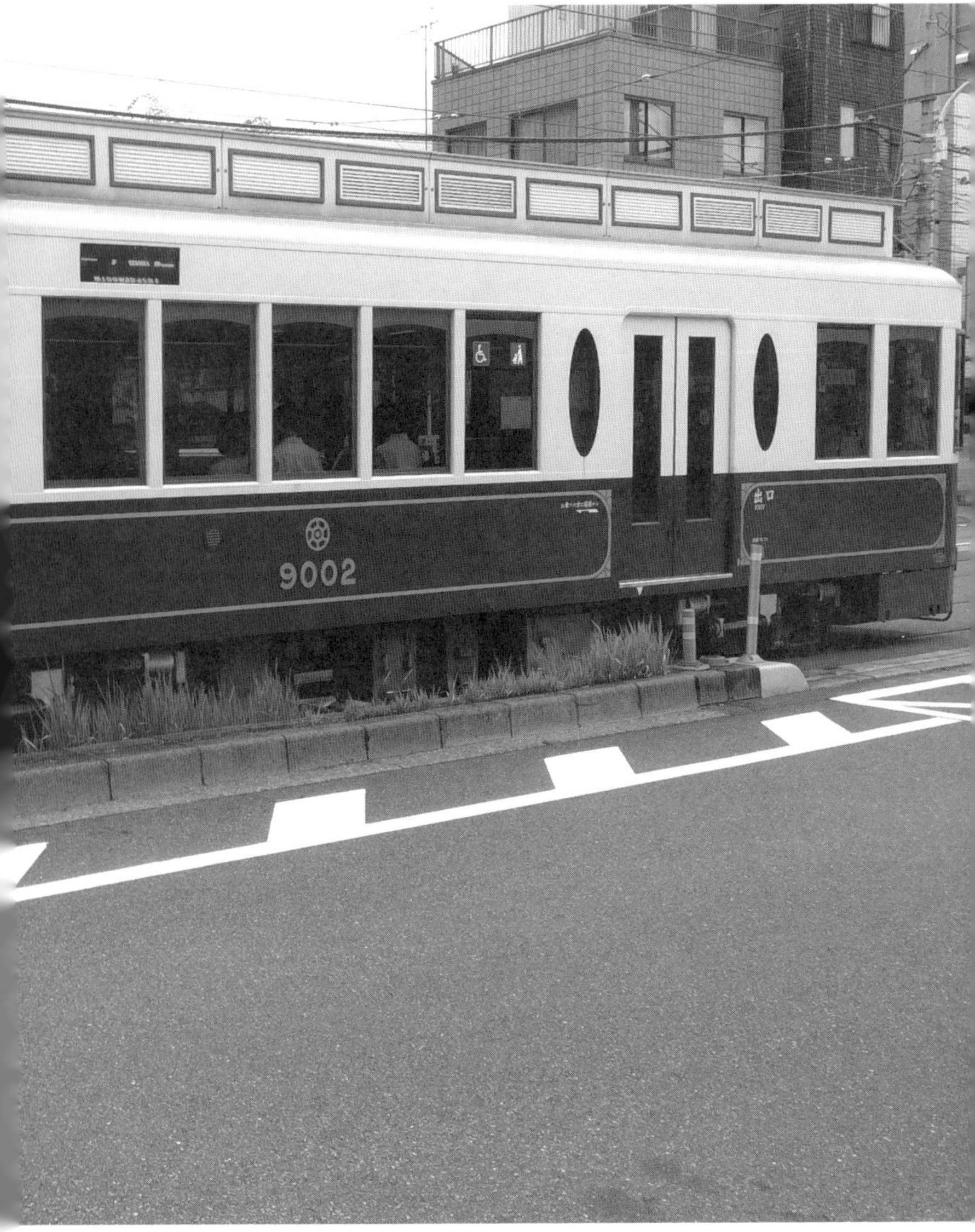
出口
9002

入口
ENTRANCE

第十一回　中野区

# ジャズもそよぐよ
# 中野新橋

中野区には、便利、という印象がある。区内ならどこでも新宿に近いからだろう。

千葉県育ちの僕にしてみれば、中野には、総武線の終点、という印象もある。総武線の各駅停車はほとんどが中野行きか三鷹《みたか》行き。だから地名は小学生のころから知っていた。秋葉原や新宿よりも先らしい。どこなんだ中野、と思っていた。

今回はその中野区。町は中野新橋《なかのしんばし》と初めから決めていた。

さっそくSUUMOで検索。意外にも、物件はそこそこあった。さすが中野。早くも便利。

駅から徒歩二分。築四十年。六畳で家賃五万円。いつもの条件五万円で収まった。

中野新橋に行くには、東京メトロ丸ノ内線の方南町《ほうなんちょう》行きや中野富士見町《ふじみちょう》行き以外に乗った場合、中野坂上《さかうえ》で方南町支線に乗り換えなければならない。面倒かとも思ったが、駅から徒歩二分、でそれも解消された。

いや、その前にまず。中野新橋は、中野坂上からでも歩いて十五分程度なのだ。ついでに言えば、新宿からでも三十分強。歩いて三十分ならそれはもうほぼ新宿ですよ、と僕のなかでは、中野新橋≒新宿、という公式が完成。かくも狭き東京。素晴らしい。

徒歩二分なので、初めにちゃちゃっと物件の位置を確認。駅に近いからコンビニも近い。スーパーも近い。言うことなし。

欄干《らんかん》が赤く塗られた中野新橋を渡り、支線中野新橋駅と本線新中野駅と支線中野富士見

## 第十一回　中野区
## ジャズもそよぐよ中野新橋

町駅からなる丸ノ内線本線支線三角ゾーンを歩く。一戸建てにアパートやそこまで高くはないマンションが交ざる東京らしい住宅地だ。

支線の中野新橋から本線の新中野の近くまで北上し、そこから鍋屋横丁《なべやよこちょう》通りと中野通り経由で支線の中野富士見町へ南下。中野富士見町の西、次の駅が支線の終点方南町。そこはもう中野区ではない。杉並区だ。

余談だが。後楽園《こうらくえん》だの御茶ノ水だの四ツ谷《よや》だので地上にちょいちょい姿を現す丸ノ内線はとてもかわいらしい電車だと思う。池袋から大まわりをして新宿に行くあたりも愛らしい。実際にそれで行くと三十五分ぐらいかかるのだ。ＪＲの埼京線や湘南《しょうなん》新宿ラインなら五、六分なのに。

実際にそれで行く人は一日に一人でもいるのだろうか。

いるだろう。人には、他人が想像もできない事情や心情があったりもするから。

普通いないでしょ、と普通多くの人は思ってしまう。普通そこで終わりにしてしまう。でもその普通に意味はない。その先を考えるのが作家の仕事だと僕は思っている。と、久しぶりにちょっとカッコをつけてみましたよ。

中野富士見町からは神田川沿いを南に歩く。

そこには、杉並区編の西荻窪で訪ねた善福寺川のように、すぐわきを歩ける小道がある。

少し進むと、まさにその善福寺川との合流地点に着く。杉並区の善福寺公園にある善福寺

## 第十一回　中野区
## ジャズもそよぐよ中野新橋

池から始まる善福寺川は、ここで神田川と一緒になって終わるのだ。

杉並区編と中野区編がこうしてつながる。こんなリンクが不意に現れるから二十三区町歩きはおもしろい。いずれ、世田谷区を歩いてたらいつの間にか中央区にいました、みたいなミステリー展開になることも期待。

東京メトロの中野車両基地のわきを行く。

大田区編の蒲田でもJRのこうした車庫があった。考えてみれば、当たり前。走っていないときも電車はどこかに存在する。電車という役者にだって、控室は必要なのだ。

方南通りを東進し、右折。中野区立南台《みなみだい》いちょう公園沿道のいちょう並木を眺めながら歩く。植物に疎い僕もさすがにいちょうぐらいはわかる。いちょうの葉のあの独特な形は何故か好き。

公園に沿って左折し、そこからは一方通行路をさらに東へ。

すると一軒のコンビニに突き当たる。ファミリーマート。たぶん、三十年前にも僕が来た店だ。

そのころは店のロゴが今とちがっていた。ファミマという略語もあるにはあったが、まだそこまでなじんではいなかった。

僕が小学生から高校生にかけて思っていた、どこなんだ中野。その中野が新宿から案外近いことを知ったのは大学生のときだ。

僕にとって中野といえばそのもの中野ではなく、ここ中野新橋。この町は本当によく来た。一時期は毎週に近い感じで。大学の友だちが住んでいたのだ。月曜から金曜まで銀座の串焼き屋でバイトをしたあと、丸ノ内線で中野新橋に行った。ファミリーマートでビールやつまみを買い、午前〇時すぎから飲みはじめた。そこまでは普通に生活していたはずの友だちにしてみれば、何とも迷惑な話だ。

ビールにビールにビール。飲んで飲んで飲んだ。途中で追加の買出しにも行った。二度行ったりもした。その二度めでもまだ大瓶を二本買ったりした。そう。そのころはビールを瓶で買っていた。

アパートはワンルーム。ベッドは一つしかないので、冬はエアコンをつけたまま木の床に寝た。敷《しき》ブトン代わりに背中にクッションを敷き、掛《かけ》ブトン代わりに自分の上着をかけた。

親切にも、友だちが代わってくれることもあった。何でだよ、と自分でも思う。何で部屋の主が床に寝なきゃいけないのよ。当時の僕は二十一、二歳。若く、元気で、アホだった。今もアホだが、それ以上。

ファミリーマートの周辺を歩いてみる。

友だちがそこに住んだのは大学三、四年の丸二年。そのあいだに少なくとも三十回は行った。

## 第十一回　中野区

## ジャズもそよぐよ中野新橋

そんなにも通ったのに、アパートの位置をまるで覚えてない。小刻みに角を曲がっていくわかりにくい場所ではあったが、現地に来ても思いださない。たどり着けない。時が経ったのを感じる。

友だちもアパート名ぐらいは覚えているだろうから、訊けばいいのだ。でもそれはしない。別にそういうのではないのだ。わざわざ訊いて訪ね、おぉ、懐かしい、ノスタルジ〜、と言いたいわけではない。彼とはまだ付き合いがあるからそう思うだけかもしれないが。

北上して中野新橋駅の近くに戻り、今日のランチは初イタリアン。初パスタ。コルニーチェさんに入る。

和風、イカ・大葉・うめ、のスパゲティと、せっかくなのでベーコンのスモールピザも頂く。ありがたいことに、パスタにはコーヒーも付いてくる。

食べながら、ふと思う。

僕の母はスパゲティを三種類しかつくれなかった。ナポリタンとミートソースとたらこ。汁気がなくて全体的にもっちりした母たらこスパはかなり好きだった。よそであれは食べたことがない。店のそれも含めたすべてのたらこスパゲティのなかで、今もあれがベストかもしれない。母、結構やる。

こちらの和風スパゲティも、もちろん、おいしかった。和を絡めたパスタはいいですね。合わせられる食材はまだまだありそうな気がします。

後半は、東側。丸ノ内線本線支線の分岐点、中野坂上のほうへ行ってみる。

看板に書かれた、渡嘉敷《とかしき》ボクシングジム、の文字に目が留まる。ライトフライ級の元世界チャンピオン、トカちゃんのジムだ。二十三区町歩きにはこんな楽しい発見もある。へぇ、それ、ここにあるんだ、という。

小学生のころのプロレスに始まり、僕は格闘技が好きだ。肉体的な強さへの憧れは、五十を過ぎた今もある。ただ、自分でやれる感覚はない。こわがりで痛みにも弱い。やれるわけがないのだ。

とはいえ、これでもちょっとはスポーツを得意としていた時期もある。まさにちょっと。僕の運動能力は小学三年生のころがピークだった。運動会の紅白リレーにも地区対抗リレーにも出ていた。肉離れを起こした腿《もも》を包帯でぐるぐる巻きにして出たりもした。プロ野球選手になりたかったし、プロレスラーにもなりたかった。

が、その後は徐々に下降。中学に上がるころには、僕は無能となっていた。自意識が高まる中学生。よかったときのイメージは残っているので、なかなかきつかった。

自分の限界を決めるべきではない。それは確かにそう。でも一方で、はっきりと見えてしまう限界、突きつけられてしまう限界もある。難しい。

ボクサーは一度書きたかったので、自作『今夜』に直井蓮児を出した。格闘家ということでは、デビュー作『ＲＯＣＫＥＲ』に出した総合格闘技の女子選手、新妻里世《にいづまりよ》以来。『今

# 第十一回　中野区
## ジャズもそよぐよ中野新橋

夜』は決して明るい小説ではないが、書いていて楽しかった。楽しい楽しいの勢いで、あやうく蓮児にバンタム級の世界タイトルを獲らせてしまうところだった。

東進して行き着いた山手通りを北上し、中野坂上で左折。青梅《おうめ》街道に入る。

中野新橋に自作の登場人物は住んでいないが、この中野坂上には住んでいる。これから出る小説なので、今はまだ、藤巻順馬＝ふじまきじゅんま、という名前のみで失礼。

また左折し、南下。その名のとおり安らげそうな中野区立本二東郷《ほんにとうごう》やすらぎ公園をかすめ、コーヒータイム。

中野新橋駅から徒歩三分ほどのところにあるＣＯＦＦＥＥ　ＪＡＺＺ　ＧＥＮＩＵＳさん。こちらはジャズ喫茶だ。といっても、少しも堅苦しくなく、カフェとして普段づかいもできそうなお店。

コーヒーは先ほど一杯飲んだので、ここではカプチーノを頂く。僕はシナモンパウダーが好き。おいしい。

ジャズ喫茶にはよく行った。大学生のころは、新宿のＤＵＧ。小説の新人賞に落選しまくっていたころは、銀座のＪＡＺＺ　ＣＯＵＮＴＲＹ。懐かしい。それは、まあ、ノスタルジ〜。

ナッツ。スイーツ。読書。コーヒーに合うとされるものは多い。

でも間食を一切しない僕は、やはりジャズ。

中野新橋自体もいいが。アパートの近くにジャズ喫茶。しかも大いに寛《くつろ》げるジャズ喫茶。これはデカい。

住む町の決め方。そういうのもありかもしれない。

（二〇二一年九月）

第十二回　港区

# 彩り溢れる三田

二十三区すべてをまわるこの企画。適当に順番を決めているようで、実は規則性がある。さすがに家賃五万円ではきついだろうと推測される千代田区と港区と中央区の三区を中央特別区と設定し、ざっくり東西に分けた残りの二十区を交互に巡っていくのだ。特別区の一区め千代田区から始め、江戸川区に杉並区、北区に大田区、という具合に。

ここまで東西五区ずつを終え、今回は中央特別区二区めにして全体の折り返し点とも言うべき十二区め。港区。

かつて自作『タクジョ！』の取材の際にタクシードライバーさんから聞いた話だが。千代田区と港区と中央区は、やはりちがうらしい。そのまま引用させてもらえば。その三区は走ってるだけで手が挙がる、という。

ワンメーターのお客さんも多いだろうから、一概にいいとは言えないのかもしれない。でも実際のドライバーさんからしか出てこない言葉。説得力があった。なるほどなぁ、と思った。新宿や渋谷よりもそちらなのか、とも。

それを聞いていたから三区を中央特別区に設定した感じもある。そのあたりは家賃の高さとも重なるにちがいない、というわけで。

よって、初めから五万円では収まらないだろうと思っていた。そのうえで、ＳＵＭＯで検索。収まりませんでした。港区全体で検索しても、フロトイレ付きで家賃五万円、というものはいつもの条件を満たす物件は一つもなかった。

ならばと、少しは可能性がありそうな都営地下鉄の三田駅《みた》とJRの田町駅に絞った。

結果、三田。駅から徒歩七分。築三十八年。六畳で家賃六万五千円。やむなし。

三田駅は港区三田にない。港区芝《しば》にある。

二十三区ではありがちなことだ。例えば品川駅は品川区にすらない。あるのは港区。目黒駅も目黒区にはない。あるのは品川区。だから、品川駅から目黒駅にJR山手線で行く場合、実際には港区から品川区に行くことになるのだ。わけがわからない。

芝といえば芝公園。芝公園は、公園名でもあり、町名でもある。東京タワーも増上寺《ぞうじょうじ》も、芝公園四丁目にある。

公園としての芝公園には、よく考えたら、ちゃんと行ったことはない。

ということで、行ってみる。

港区立芝公園もあり、ザ・プリンス　パークタワー東京、というホテルに隣接にするプリンス芝公園もあり、増上寺もあり、都立芝公園もある。全体で見れば、かなり広い。

日比谷《ひびや》通りを北上。三田駅の隣の芝公園駅を過ぎ、さらに隣の御成門《おなりもん》駅の手前で左折。港区立みなと図書館を右手に見ながら道なりに進み、人工の渓谷《けいこく》だというもみじ谷へ。

そこには、もみじの滝、がある。高さは十メートルほど。残念ながら滝行《たきぎょう》はできなそうだが、一応、滝。単に僕が知らないだけ。二十三区に滝。あるものだ。

ここまで来たら、せっかくなので、お隣の東京タワーへ。

## 第十二回　港区
## 彩り溢れる三田

僕は東京スカイツリーを度々自作に出しているが、東京タワーも出している。「逆にタワー」とタイトルにまでそれが付く短編を書いてもいる。

派手な東京スカイツリーは敬遠してしまい、ついつい地味な東京タワーに流れてしまう中学生男子の話だ。結構気に入っている。僕自身にも、近い感覚はあるから。この短編は『今日も町の隅で』に収められています。読まれたし。

真下から見る東京タワー。こっちは三百三十三メートルで、あっちは六百三十四メートル。一気に抜かれましたねぇ。と、何だかサバサバしているように見える。だいじょうぶ。あなたは今もランドマークになっていますよ。誰もあなたを忘れてなどいませんよ。

東京タワーを離れ、国道1号でもある桜田通りを南下。都営大江戸線の赤羽橋《あかばねばし》駅を過ぎ、しばらく行ったところで右折。

やがて現れるのがイタリア大使館だ。

スルスルッと入っていき、新日本プロレスが好きだったサッカー元イタリア代表のフォワード、アレッサンドロ・デル・ピエロ氏はお元気ですか？　と知り合いでもないのに訊きたくなるが、通報されて外交問題になったりしてもいけないので、そこは我慢。

そのイタリア大使館に沿って進むと次いで現れるのがこれ。慶應《けいおう》大学。豊島区編での立教に続き、二つめの東京六大学。

第一回の千代田区編で、都市部のビル校舎には不思議な魅力を感じると書いたが、都市部にそれなりの面積を有し、ドーンとかまえる大学にはやはり貫禄がある。

自作『ひと』に出てくる高瀬涼《たかせりょう》が慶應大生だが、やや高飛車な男という損な役まわりをさせてしまった。実在する町を書いたため、大学名だけ伏せるのも違和感があり、巡り合わせでそうなったのだ。

僕が慶應大生をそうとらえているとか、そんなことではまったくない。『それ自体が奇跡』でサッカークラブの取材をさせていただいたとき、慶應大卒の複数の関係者さんにお会いした。皆さん、それぞれにとても感じのよいかたがただった。

桜田《さくらだ》通りを渡り、物件へ。

例によって、東京マジック発動。一本細い道に入っただけで、あっという間に住宅地。ほんとにね、変わるもんですよ。どこにでもね、家はあるもんですよ。

それから、何故か名前を知っていた聖坂《ひじりざか》を、あぁ、ここが聖坂か、と思いながら下る。

都内ではこんなことも多い。名前は知っているがそれがどこに位置するかは知らない。そんなものが、もう無数にあるのだ。坂に限らず。通りでも、建物でも。駅でも、公園でも。

その後、久々に方向音痴ぶりを発揮して道をまちがえつつ、第一京浜へ。

まちがえたせいで、港区立三田図書館に寄れなかった。

物件に近い図書館。徒歩五分圏内。ありがたい。今の場所からは移転してしまうらしいが、移転先も近い。十分もかからない。新しい図書館というのも魅力。そそられる。

## 第十二回　港区
## 彩り溢れる三田

第一京浜から旧海岸通りに右折して、ＪＲ各線の高架をくぐる。シーバンスなる高層ツインビルのわきを通って、運河を渡る。

ランチ。飲食店などないだろうと思わせておいてぽつんとある、琉球《りゅうきゅう》食堂さん。

はい、来ました、沖縄料理。やっとたどり着けました。

タコライスと迷いに迷って、ゴーヤーちゃんぷるー。ハーフそばセットにしてもらう。

僕は各種ちゃんぷるーものも好きだし、沖縄そばも好き。あとは、そう、ラフテーも好き。普段はほぼ食べない肉のなかでも、ラフテーはかなり上位に来る。

ラフテーというその言葉自体が好き。何か、言いたくなる。フテー、のあたりがいいのだろう。太ぇ野郎だ、と言うときぐらいしかつかわない。そんなこと、まず言わないけど。ただ。住所不定とか、不貞行為とかなら、そこそこ言うか。どちらも、積極的に言いたくはない。住所不定はあまりよろしくないですし、不貞行為ははっきりとダメです。

でもラフテーは、それらとくらべてかわいい。言葉だけでなく、料理として出されるラフテーそのものの見てくれもかわいい。かわいくて食べてしまいたくなり、食べものだから食べてしまう。食べたうえで、ラフテーラフテー言ってしまう。フテー界の星。ラフテー。

いつか沖縄に行ってみたいなぁ。と港区で思うこの感じ。人はいつも、今いるのでないところへ思いを馳せますよ。沖縄に行ったら行ったで、東京に思いを馳せるのでしょうけど。自分がいる場所といない場所。これからもそのバランスをうまくとっていきたいものです。

ラフテーラフテー言いながら頼みはしなかったが。ちゃんぷるーもそばもおいしかった。ごちそうさまです。

さあ、後半。新橋《しんばし》と豊洲《とよす》を結ぶゆりかもめに沿って北上。フテーのあとはフトー。日《ひ》の出《で》ふ頭《とう》へ。

とりあえず船着場《ふなつきば》を見て、南下。

倉庫がいくつも並んでいる。

埠頭の倉庫といえば、刑事ドラマの犯人さんがわりと自由に、誰よりも優先的に出入りしている印象があるが、僕は犯人ではないのでそうもいかない。幸い、銃や麻薬の取引はしてないし、さらってきた誰かをそこに閉じこめたりもしてない。だから歩きながら遠巻きに見るしかない。

そして新日の出橋に立つ。

今回の港区編、川はなし。その代わり、海と運河。水はどこにでもある。なきゃつらい。

そこから東方に見えるのは、たぶん、中央区の晴海や江東区の豊洲。

住んだらこの辺りを散歩できるのはいいな、と思う。都市と海。浜などはない都市の海。世界のほかの都市とのつながりをも連想させる。悪くない。

# 第十二回　港区
# 彩り溢れる三田

と、ここでふと自分の足もとを見る。靴《くつ》。

この企画以外でも僕はよく歩くので、靴底の減りが速い。ほかはどこも傷んでないのに底だけがやられる。どの靴もそうなる。減り方が、何というか、アグレッシヴ。なんて言ってないで早く替えなさいよ。いい歳なんだから、ここまで靴底を減らす前に新しいのを買いなさいよ。雨水が下から染みこむ靴をいつまでも履いてるおっさんはちょっと悲しいですよ。

と自分を叱りつつも、底ダダ減り靴の記念写真、というか証拠写真を港区の橋上でカシャリ。

旧海岸通りから第一京浜に出て、三田駅のほうへ戻る。

コーヒータイム。今日はダフニさん。豆を売っているお店だが、そこでコーヒーを飲ませてもくれる。

一番好きなマンデリンを頂く。いやぁ。おいしい。

三田には、『ナオタの星』の高見頼也《たかみらいや》・美樹《みき》夫妻が住んでいた。高見頼也はプロ野球選手。年俸二億八千万円の左ピッチャーだ。主人公のシナリオライター小倉直丈が、友人頼也の妻美樹を尾行する。速攻でバレる。なのに、ともにゾンビ映画が好きだったことから親しくなる。その先は、これまた読

まれたし。

歩いていける範囲に芝公園があり、東京タワーがある。慶應大学もあり、日の出ふ頭もある。想像していた以上に多くの彩りを持つ町、三田。

都市に住む。その感覚を味わえる。

大いにあり。

（二〇二一年十月）

# 第十三回　板橋区
# 台に住もうよ
# ときわ台

一度は台に住みたい。この企画のどこかで一度は○○台を訪ねたい。そう思っていた。可能なら海の近くに住みたいが、可能でないなら発想を変えたい。高いところもあり。家賃ではなく、標高の話です。

浮上したのが、今回のここ、板橋《いたばし》区のときわ台。武蔵野《むさしの》台地の成増《なります》台なる高台に属するとのことで、一応、れっきとした台。決定。

ただ、それを言ってしまうと。荒川と多摩川に挟まれた東京都区部は、沿岸部を除いてほとんどが武蔵野台地ということになるらしい。知らなかった。僕の体感での、東京の高いところ、は、そのもの坂を上らされる神楽坂《かぐらざか》や市谷《いちがや》の辺りだけだったのだ。

ときわ台は、漢字にすれば常盤台。東武東上線の駅名だとときわ台だが、町名だと常盤台。一丁目から四丁目まである。ちなみに、昭和十年の開業時の駅名は武蔵常盤だったという。

台だけでなく、ときわ、に惹かれもした。無意味だが縁も感じた。

僕は千葉県の松戸《まつど》市で生まれ、しばらくは団地に住んでいた。住む棟によって新京成線の最寄駅が変わる大規模な常盤平団地。つまり、ときわどころか、ときわだい、までもが同じなのだ。

そこにいたのは三歳か四歳ごろまでだが、ギリ覚えている。何ならこれこそが最古の記憶かもしれない。

## 第十三回　板橋区
## 台に住もうよときわ台

今もある江崎《えざき》グリコのクリームサンドビスケット、ビスコを手に僕は道を歩いていた。そしておそらくはビスコ狙いの犬に追いかけられた。

その年齢なので母も近くにいたはずだが、そのあたりは定かではない。ともかくビスコの箱に描かれていたビスコ坊やの顔と犬が柴犬であったことを覚えている。

もう半世紀近く前のことだ。調べてみたら、そのときのビスコ坊やは三代目。今は五代目らしい。人に歴史あり。ビスコにも歴史あり。四十年は食べていないであろうビスコ。久しぶりに食べてみるかな。

と、のっけからの余談はこのくらいにしまして。

いつもの条件、管理費・共益費込みで家賃五万円のワンルーム、でSUUMOで検索。葛飾区編のお花茶屋のとき以来久しぶりに、ちょっと余裕、と感じた。ありがたいことに、物件を選べた。

駅から徒歩六分。築四十三年。五万円。その家賃で七畳は魅力。

三十年ぶりに乗った東武東上線を降り、まずは北口に出る。

やはり京成本線のお花茶屋駅のような私鉄の小さな駅を想像していたのだが、北区編の浮間舟渡同様、駅前にはそこそこ広いロータリーがある。広いのにどこかこぢんまりしたこの感じは好きだ。そこに立つだけでほっとする。

そのロータリーから道路は放射状に延びている。大田区の田園調布《でんえんちょうふ》と似ていなくもない。

現に、板橋の田園調布、と呼ばれることもあるらしい。いきなり変化球を投げられた気分。でも僕、この手の変化球も好きだ。打てないけど。

常盤台には、クルドサック、がいくつかあるという。袋小路を意味するフランス語。道の奥にロータリーが設けられている。住宅地に居住者のそれ以外の車を進入させない造りになっているわけだ。

でも居住者自身が不便を感じないよう、歩行者や自転車用の小道、フットパス、が設けられてもいる。それで反対方向の道にも抜けられるのだ。これはちょっとそそられる。家なのに基地感がある。

地図でもそうとはっきりわかるクルドサックを三つ訪ねたあとは、町をぐるっとまわるプロムナードを半周分歩く。

道路の中央分離帯と言える部分にプラタナスが植えられている。住宅地でこの感じはちょっとおもしろい。何というか、和らぐ。

クルドサックにプロムナード。こんなふうに、今回はここ、と先に決めてから調べても、その町の特徴めいたものは必ず何かしら見つかる。

人が住むところで何も生まれないわけがない、ということなのかもしれない。土地は確かに不動産だが、そのうえでは多くのものが動く。動けば何かが生まれる。

小さな常盤台北口公園のわきを通り、富士見街道へ。そして町の際を西進。隣駅の上板

橋の近くまで行き、若木《わかぎ》通りにときわ通り経由で板橋区立平和公園へ。

その園内には板橋区立中央図書館がある。中央と付く図書館は初めてなので、つい寄ってしまう。令和三年三月に移転オープンしたという新しい図書館だ。三階建て。きれい。一階にはカフェまである。

例によって、自分の本を探す。さすが中央。文庫やアンソロジーなど諸々合わせて三十冊以上置いてくださっていた。ありがたし。読まれたし。結果気に入ってくださったらで結構ですので、買われたし。

図書館を出て、東武東上線わきの細い道を東進。

こうして線路沿いの道をずっと歩けるのはいい。単調で、普通なら退屈になりそうなものだが。何故だろう。逆に時間があまり気にならない。常に視界に線路があることで、自身、ちゃんと進んでいるように思えるからなのか。

小学校の音楽の時間によくうたわされたこれ。

♪線路は続くよ　どこまでも♪

うそだ。どこまでもは続かない。どこかでは終わってしまう。だから、正しくはこう。

♪線路は続くよ　ある程度♪

そういえば、音楽をやっていたころ、こんな詞を書いたことがある。

線路がどこまでも続きはしないことくらい知っていた

## 第十三回　板橋区
## 台に住もうよときわ台

いつか誰か人が敷いたんだから

曲のタイトルは『トレイン・ソング・ソング』。列車のうたのうた、という意味だ。その『トレイン・ソング・ソング』は、自作『食っちゃ寝て書いて』で作家の横尾成吾《よこおせいご》が書いた小説のタイトルとしてつかった。

自作曲のタイトルや詞は、自作小説のあちこちに出している。

僕小野寺自身のデビュー作『ROCKER』では、何と、『ミゼットのためのフォークソング』という曲の詞を丸々載せるという暴挙に出てもいる。

今考えれば、編集者さんがよく見逃してくれたものだ。デビュー作だから、そのときの僕は、当然、新人。新人はすごい。こわいものなし。愚か、の一歩前。

と言いつつ、十年以上が過ぎた今も、僕はせいぜい二歩前くらいのところにいる。

いやぁ。新人感、抜けませんよ。まあ、いろいろやっとりますよ。出版社さんをまたいで同じアパートを出しちゃうとか、登場人物を行き来させちゃうとか。架空の映画を出しちゃうとか、登場人物に自作を読ませちゃうとか。やっちゃうんすね。楽しいから。

で、駅に戻ってランチ。今日はキッチンときわさん。

名前にキッチンと付くだけで僕はやられてしまう傾向がある。また、たいていのキッチンが外さないのだ。それはこちらときわさんも同じ。ナイスキッチン。

壁の文字を見て瞬殺された、ポークソテーライス、を頂く。

ガキのころ、千葉そごう旧店舗の大食堂で何かっちゃポークソテーを食べていたことを思いだす。

あれはもしや、ポークソテーこそが肉料理の最高峰、と思わせることで僕の目をビーフに向かわせまいとした母の策略だったのか。

だとしても。それはそれでいい。だってね、おいしいんすよ、ポークソテー。千葉そごうのも、キッチンときわさんのも。

さて、後半は南口。六分歩いて物件へ。

アパートから見えまではしないが、石神井川《しゃくじいがわ》が近い。僕が好きな川近物件。満足。

無事チェックを終え、その石神井川沿いの小道に入る。よき散歩道だ。

石神井川自体が、よき町なか川。小平市《こだいら》に始まり、北区で隅田川に合流して終わる。善福寺公園の善福寺池から始まっていた杉並区編の善福寺川のように、練馬区の石神井公園の石神井池から始まっているのだろうと勝手に思っていたが、ちがうらしい。

散歩のゴールは、板橋区と練馬区にまたがる東京都立城北《じょうほく》中央公園。アパートから二十分強。園内散策に十数分。往復で一時間。そう考えれば、いいコース。ベスト。

この公園には、栗原《くりはら》遺跡なるものがある。奈良時代の竪穴《たてあな》式住居が復元されている。柵で囲われていて、なかに入れはしない。外から見る。

うーむ。古代のワンルームか。と謎の感慨に浸る。

# 第十三回　板橋区
## 台に住もうよときわ台

この場所、厳密には練馬《ねりま》区になるようだが、ここまで来て堅いことは言いっこなし。練馬区城北公園内、メゾン竪穴。家賃、いくらかな。

公園からときわ台駅への帰り道。川越《かわごえ》街道を渡って、コーヒータイム。珈夢居《かむい》さんに入る。カフェというよりはコーヒー屋さん。窓ガラスにもCOFFEE SHOPと書かれている。落ちつけそうなお店だ。

あれば頼んでしまうストレートコーヒー。飲んだことがないコスタリカを頂く。これもおいしい。

初めてのことだが。このときわ台にも両隣の上板橋・中板橋にも、自作の登場人物は住んでいない。ただ、三キロほど離れた新板橋には、『ミニシアターの六人』の山下春子《やましたはるこ》が住んでいた。

そんなふうにして、僕は東京二十三区をすべて何らかの形で登場させている。名前が一度も出てこない区は一つもない。これからはさらに一区一区に厚みを持たせていきたい。

ときわ台。特に台感はなかったが、それもまたよし。あったらあったで、坂が多くて大変だろう。

南口側と北口側。どちらに住んでも、どちらにも行きそうな気がする。そしてそれは要するに、住みやすい町ということだ。

豊島区編の要町ほどではないが、池袋にも近い。五駅、十分強。家賃も手ごろ。もう少し安く抑えられる可能性もある。
シンプルに、いい。

（二〇二一年十一月）

第十四回　目黒区

# キュキュッとまとまる

# 都立大学

二十三区で鉄道駅が最も少ない区。それが目黒区《めぐろ》だという。

京王井の頭《いかしら》線の駒場《こまば》東大前、東京メトロ日比谷線と東急東横線の中目黒、東急東横線の祐天寺《ゆうてんじ》、学芸大学、都立大学、東急東横線と東急大井町線の自由《じゆう》が丘《おか》、東急大井町線の緑《みどり》が丘《おか》、東急目黒線の洗足《せんぞく》。八駅。こうして簡単に書きだせてしまう。

意外にも、ＪＲの駅はない。港区編でも触れたが、ＪＲの目黒駅は品川区にあるのだ。東京メトロ日比谷線と東急東横線の中目黒駅は、幸い、目黒区。

その少ない駅のなかでどこにするか。ここにした。

都立大学駅。

と言いながら、そこには都立大学がない。駅名だけが残った形。それはそれで何らかの歴史を感じさせる。悪くない。

調べたら。駅名が都立大学になったのは昭和二十七年。その前の九年ほどは都立高校だったこともあるそうだ。

平成三年に東京都立大学が南大沢《みなみおおさわ》に移転したあとも駅名は変更されなかった。

その後、東京都立大学はほか三つの都立大学と統合されて首都大学東京となった。荒川区編で東尾久三丁目を訪ねたとき、近くに健康福祉学部があったあの大学だ。

さらに、首都大学東京は令和二年四月に東京都立大学に改称。

と、なかなかに複雑。

## 第十四回　目黒区
## キュキュッとまとまる都立大学

でも地名とは案外そういうものだろう。葛飾区編のお花茶屋のような例もある。茶屋の娘お花の名前が地名になることもあるのだ。そこに意味を求める必要は、もしかしたらないのかもしれない。意味があればあったでもちろんいい、というだけ。

そんなわけで、ＳＵＭＯで検索。

惜しい。条件の家賃五万円を、ちょっと超えてしまいました。駅から徒歩七分。築三十四年。六畳。家賃五万二千円。でも目黒区でそれなら上出来ではなかろうか。

これまで数度しか乗ったことがない東急東横線。初めて都立大学駅で降りる。

改札は一つ。出てから北口と南口とに分かれる。まずは北口。

目黒区には、小さな地図でもはっきり青色で示されるような川が目黒川ぐらいしかない。川自体はそれ含め五つあるらしいのだが、多くが今は地下を流れている。

その一つの呑川本流緑道を行く。

大田区編の蒲田でもそのわきを歩いた呑川だが、この辺りは昭和四十七年に暗渠化され、上は緑道となったという。だから、埋め立てられたわけではないのだ。見えなくても存在はするのなら、といくらか安心する。川は見えてこそだけどなぁ、とも思いつつ。

呑川本流緑道から呑川駒沢《こまざわ》支流緑道へ。

そこをずっと進むと、大公園に行き当たる。

言わずと知れた、東京都立駒沢オリンピック公園。ここは大部分が世田谷区だが、東側が少しだけ目黒区。りす公園という名の愛らしい公園もそうだ。

そこにいた黄色と水色と緑色、三匹のりすにごあいさつ。

次いで、はい、ごめんなさいよ、と世田谷区ゾーンにお邪魔。中央広場にはオリンピック記念塔が立っている。

ここに来るのは初めて。広い。草地でも芝地でもないのにこの広さ。

何とも不思議な場所だ。今っぽくはない。昭和三十九年の東京オリンピックを記念しているのだから、まあ、当然。実際、ジャック・タチの映画『ぼくの伯父さん』(一九五八年)に出てきそうな風景ではある。タチ演じるユロ伯父さんが歩いてきても違和感はなさそうだ。

それにしても。ガキのころから話に聞くだけだった東京オリンピック。まさか二回めがあるとは。しかも一年遅れで開催されることになるとは。で、まだ何年も先だと思っていたそれさえ終わってしまうとは。

五十年以上も生きていればいろいろなことが起こる。ほかにも、日本がサッカーのワールドカップの出場常連国になったり、日本人が野球の神様ベーブ・ルースとくらべられるようになったり。一寸先は闇だったり、光だったり。わからないもんです。

オリンピック、だけでなく、駒沢、のほうでも思うことはある。こちらの表記は駒澤。高三のとき、僕は駒澤大学も受験したのだ。

# 第十四回　目黒区
## キュキュッとまとまる都立大学

千葉県の高校生だから、東京の地理などわかるわけもなく、電車の乗り継ぎや駅からの行き方などを調べ、遅刻しないように行った。徹夜明けに。

そう。受験期のそのころ、僕は昼と夜を完全にひっくり返した生活をしていた。そのほうが効率よく勉強できたからだ。

高校へも、その形で行っていた。帰ったらすぐに寝て、午後十時ごろに起きて勉強。朝までやり、そのまま学校。と、そんな具合。昼なら苦行でしかない勉強が、夜なら何故かそうでもなかった。

その名残で、二十代のころは深夜にアルバイトをしていたこともあるし、深夜に小説を書いていたこともある。今はもうそれはしないが。というか、おっさん過ぎて、できないが。

受験一校めがその駒澤大学。試験前にポカリスエットを飲んだことを覚えている。それもやはり、今なら飲まないでしょうね。いや、ダメダメ、試験中にトイレに行きたくなっちゃいますよ、と思って。

もし駒澤大学に入っていたら、もっと早くにこの公園に来ていただろう。二十三区西部にもう少し詳しくなってもいただろう。

結果、西部を気に入った僕が今は世田谷区の住人になっていたかもしれない。この連載のタイトルも、渋谷に住むのはまだ早い、になっていたかもしれない。だから何？　のたられればではありますけれども。

公園を出て、自由通りを南下する。自由通り。自由が丘の自由からきているのだろうが、そうと知らなければたじろがされる名前だ。自由。どこにもないなぁ、と思っていたら、こんなとこにあったのか。

左折して目黒通りに入り、駅のほうへ。で、高架をくぐり、駅の南口側へ。

そこでランチ。大菊《おおぎく》総本店さんに入る。今日はおそば屋さんだ。

忘れていた。我々にはそばがあった。我々はうまくスルスルッといけるのだ。粋《いき》にすすれるのだ。うん。そばはいい。と、空腹のせいか、食べる前からやけに高揚。

けんちんそばとミニ野菜天丼のセットを頂く。

豊島区編で触れたが、僕は山菜そばが好き。もう一つ、けんちんそばも好き。山菜そばにくらべ、けんちんそばはメニューにある確率も低いので、巡り合えれば頼んでしまう。

よく考えてみたら。けんちん汁として小学校の給食で出されていたころから好き。

当時はけんちんの名前も知らないまま食べていた。好きと意識することさえなかった。

好きな給食のメニューは？　と訊かれると、ついつい派手めでスター感漂う揚げパンなどを挙げてしまうが、本当に好きなのは地味めな汁ものだったりちょっとしたおかずの一品だったりする。あとは、具としてうどんに入っていたうずらの卵とか。

皆さんにも、その手のものは結構あるのではないかと思う。例えば、サバの竜田揚げなんかどうでしょう。

僕はそれも好きだった。意味もわからないままタツタタツタ言っていた。何なら、サバのタツターゲ、という洋風料理くらいに思っていた。

そんなことはともかく。けんちんそば。おいしかった。満足。

後半は、北口側からつながる緑道を七分歩いて、物件をチェック。

閑静《かんせい》な、と言われそうな住宅地。申し分なし。

閑静な、という言葉のあとに、住宅地、以外の言葉が続くのを聞いたことがないな、と思いつつ、環七《かんなな》通りを渡り、目黒区立すずめのお宿《やど》緑地公園へ。

これはもう、名前からして行かざるを得ない。惹かれざるを得ない。お花茶屋、と似た匂いを感じる。

園内には竹林《ちくりん》や古民家がある。目黒区のホームページによればこう。

今からおよそ二百年前、江戸時代安永《あんえい》年間に始まったという目黒の筍《たけのこ》栽培は、大正中頃に最盛期となり、有数な竹林だったこの地では良質な筍が収穫されたと言われています。また昭和のはじめ頃、この竹林は付近一帯のスズメのねぐらになっていました。数千羽というスズメが朝どこへともなく飛び立ち、夕方には数百羽が一団となって帰り、空が薄暗くなるほどだったそうです。そのためこの場所は「スズメのお宿」と呼ばれるようになりました。

## 第十四回　目黒区
## キュキュッとまとまる都立大学

　なるほど。

目黒の筍栽培。言葉だけで惹かれる。江戸時代のそれを見てみたい。

本能寺《ほんのうじ》の変、と言われても遠い感じがするが、目黒の筍栽培、と言われると、歴史がグッと近くなる感じがする。過去と現在がちゃんとつながっている感じもする。

何にせよ、駒沢オリンピック公園との見事なギャップ。あの大きな公園にこのそう大きくもない公園はいったい何個入るだろう。でも、どちらもいい。公園には、もっともっと多様なものがあっていい。

駅のほうへ戻り、コーヒータイム。ダンアロマさんに入る。例によってストレートコーヒー。バリアラビカというものを、ストロングで頂く。

カウンターのみの、一瞬、バーかと思わせる造り。でも純粋にコーヒーを楽しませてくれるとてもいいお店だ。

北口側の大きな公園まで歩き、そこから南口側のそう大きくもない公園まで歩いて一時間。そして最後はおいしいコーヒーで締める。きれいにまとまった、ナイスコース。何というか、町自体のサイズ感が絶妙。

この都立大学にも自作の登場人物は住んでいないが、目黒区は『今夜』で区役所が出てくる。タクシードライバーの立野優菜がそのわきに車を駐めるのだ。休憩もする。深夜にあれこれ考えもする。

目黒区はおもしろい区だ。新宿区や渋谷区ほど圧倒的な町があるわけではないが、人気は高い。二十三区西部に疎い僕には、新宿区に対しての中野区が、渋谷区に対しての目黒区、という印象もある。見当ちがいならごめんなさい。

駅の数は少ない。でも八駅すべてに魅力は詰まっていそうな気配がある。もし都立大学に住んだら、その一つ一つに当たりたい。

八十日間世界一周ならぬ、八日間目黒区一周。

マジでやっちゃいそうだな。やるために住みそうだな。


（二〇二一年十二月）

第十五回　足立区

# 島感強めの王子神谷

今回はちょっとしたイレギュラー回。足立《あだち》区回だが、駅自体は北区にある。東京メトロ南北線の王子神谷《おうじかみや》駅。

日暮里・舎人ライナーの見沼代《みぬまだい》親水公園駅と迷ったが、こちらにした。足立区新田に惹かれてしまったからだ。

新田は、にったじゃなく、しんでん、と読む。

というこれとまったく同じ一文を自作『片見里荒川コネクション』でも書いた。

主な舞台となるのは荒川区編で訪ねた東尾久の辺りだが、この新田にも主人公二人のうちの一人、田渕海平が住んでいるのだ。二度寝したせいで卒論を提出できず大学五年生となってしまった二十二歳。愚かだが憎めない男。

海平がいるのは、スタイルズ新田という微妙にダサい名前のアパート。四畳のワンルームで、家賃は四万八千円。フロはシャワールーム。バスタブがない。でも今企画の条件には合っている。

スタイルズ新田は、もちろん、架空のアパートだが、この二十三区企画の話を頂いたときに、じゃあ、足立区回は新田にしたいな、と思った。もしかしたら、訪ねる町が一番早く決まったのはここ足立区かもしれない。

そんなわけで、最寄駅は北区の王子神谷の、足立区新田。

新田は一丁目から三丁目まである。北区編で訪ねた浮間舟渡よりさらに狭い島状の町だ。

## 第十五回　足立区
## 島感強めの王子神谷

東京著名川の二つ、隅田川と荒川に挟まれている。浮間舟渡は新河岸川と荒川だったが、こちらは隅田川と荒川。

いい加減おわかりだと思うが、この川と川に挟まれた島町に、僕は本当に弱い。

これはもうはっきりした傾向としてある。町より規模を大きくしても同じ。僕は国でもこぢんまりしたところが好き。例えばルクセンブルクとか、リヒテンシュタインとか。どうしても、フランスよりはベルギー、イギリスよりはアイルランドに惹かれてしまう。

考えてみれば、日本もそれに該当する。狭い島国。言うことなし。だから、僕が外国で生まれていたら日本のことはかなり気になるだろう。

ともかく。スタイルズ新田をイメージしつつ、SUUMOで検索。

ありました。駅から徒歩十四分。築三十二年。四畳。家賃四万八千円。

駅は区外。それはしかたない。でもその代わり、島に入ったらもう出ない。今回は島を一周する。足立区新田だけを歩く。そう決めて、スタート。

王子神谷駅を出て、庚申通り商店街から新田橋通りへと進む。新田橋を渡り、新田へ。

新田に入るには、この新田橋か西隣の新神谷橋《しんかみやばし》か東隣の新豊橋《しんとよはし》を渡るしかない。それもまたいい。何というか、入島感が出る。

物件はこちら隅田川寄りにあるので、まずはその位置を確認。一戸建てが多い住宅地だ。静かそう。安心。

それから三丁目を歩く。東に進み、足立区立新田さくら公園へ。

ここは結構広い。子どもが水遊びできるじゃぶじゃぶ池や大きめな複合遊具がある。家族で遊びに来られるような公園だ。

この辺り、島の東部はマンションゾーン。新しい町という感じがする。UR都市機構の団地の名称も、ハートアイランド新田、らしい。アイランド。島。

小中一貫校だという足立区新田学園の向こうには、屋上駐車場を備えたスーパーもある。ベルク足立新田店。新田に住むかたがたの多くが日々の買物に利用されるのだろう。島外から車で来る人もいるのかもしれない。

住んだら自分もお世話になるはずだから、今回はそこにも入ってみる。

スーパーには二日に一度行く。遠まわりをして四十分歩いていき、二十分歩いて帰る。そんなふうにして、一時間の散歩に絡める。

消費行動が人間の娯楽になるというのは、何となくわかる。スーパーに行くと、日々の買物をするだけでも気は紛れる。天井が高くて広々とした店だったりすると、紛れるだけでなく、気は晴れたりもする。

これも何度か小説に書いたが。だからゾンビも無意識にショッピングモールに行く。行動が身に染みついているのだ。

ゾンビになったら、僕も行っちゃうだろう。で、モールに籠城《ろうじょう》した主人公たちにあっさりやられちゃうだろう。僕に、というかゾンビに悪気はないのだから、ちょっと切ない。

などと考えながら、食パンやちくわや納豆や豆腐の値段をチェック。

二十三区内だが思ったほど高くない。これならだいじょうぶ。豆腐も一日一丁食べられる。

スーパーを出ると、新田の端まで行き、荒川の河川敷へ。

荒川右岸《うがん》新田緑地。こちらは先の公園とは対照的にほぼ何もない。まさに緑地。でも散歩を好む五十代のおっさん＝僕にはちょうどいい。水辺も近く、気分がいい。ゾンビになったらこちらにも来たい。

荒川さん、いつもお世話になります。いや、もうマジでたすけられていますよ。小説に書かせてもらうことででも。僕自身が河川敷を歩いて気持ちを整えることででも。

その河川敷を離れて、南下。足立新田高校のわきを通り、今度は隅田川の岸へ。

かかった時間は五分強。早い。近い。ということは、島、狭い。いい。

新田で生まれて足立区新田学園に行って足立新田高校に行く子も当然いるだろうなぁ、と思いつつ西へ。

そんなふうに思ってしまうのは、要するに僕がよそ者だからだろう。住んでいるかたがたはそんなふうには思わないはずだ。何なら、新田を島と感じてさえいないかもしれない。実際、本物の島ではないので。

たぶん、僕も本物の島に住みたいわけではない。自分で漕ぐブランコにも酔うぐらいだから、船ならまちがいなく酔うはずだし。

結局、住む町を感じていたいということなのだと思う。町に親しみを持ちたいのだ。大田区編でも触れたが。はっきりした形が与えられることで、町はわかりやすくなる。町と意識しやすくなる。どうせ住むなら町を好きになりたい。楽しく住みたい。

これは、どうせ仕事をするなら楽しくしたい、という感覚に似ている。

仕事なんて楽しいもんじゃないよ。楽しむためにやるもんじゃないよ。おっしゃるとおり。でも楽しめる余地があるなら工夫はしてもいい。だって、そうだ。仕事を楽しくやれるなら、それに越したことはない。

だから仕事のメールでもたまにちょっとふざけたことを書いてしまうのですよ。だからこいつウゼーとか言わないで流してね。

と各社編集者さんたちに対して謎の言い訳をしつつ、隅田川沿いに歩いて西進。環七通りの手前で右折してレンガ敷きの細い道に入り、しばし歩いて図書館へ。

ない可能性もあるかと思ったが、新田にもちゃんと図書館はあってくれた。新田地域学習センター内の足立区立新田コミュニティ図書館。

うれしいことに、『片見里荒川コネクション』を置いてくれているらしい。現物はなかったので、貸し出されていたのかもしれない。読まれたかたは驚かれると思う。登場人物が

## 第十五回　足立区
## 島感強めの王子神谷

ここ新田に住んでいるから。万が一スタイルズ新田を探してしまったらごめんなさい。言いましたように、架空です。実在はしていません。

図書館を出て、二丁目をカクカクと北東に進む。ドラッグストアもあるのだな、郵便局もあるのだな、大きめな病院もあるのだな、とあれこれ確認。

ただ、住宅地だけに、正直、飲食店は多くない。そのなかで見つけたこちら、ポンテリッコさんに入る。唐突に現れるイタリアン。イタリー・イン・足立区。

ランチセットの豚バラとキノコのリゾットを頂く。

記憶が正しければ、僕自身、初リゾット。付いてきたフォカッチャともども、おいしかった。早めに食べておけばよかった、と遅めの後悔。

で、ふと思う。人は、七十歳になっても八十歳になってもそんな後悔をするのだろう。僕なんぞは、死の五分前に、一度は酸辣湯麵《サンラータンメン》を食べてみりゃよかったかなぁ、と後悔しているかもしれない。

ついでに言うと。今回僕は初めてＩＣカード乗車券を導入した。つかってみたら。便利すぎて崩れ落ちそうになった。この二十年のがんばりは何だったのかと、全力で後悔した。食わず嫌い、知らず嫌い、はこわいものですよ。

後半は残る一丁目。環七通りをくぐり、荒川鹿浜橋《しかはまばし》緑地へ。

先の荒川右岸新田緑地同様、まさに緑地。その先は新東京都民ゴルフ場になっている。九ホールのコースだという。

次いで、いくつかの工場が交ざる住宅地を歩く。足立区立新田稲荷公園をかすめ、隅田川沿いの道を行く。

路面にいくつか絵が描かれている。子どもの絵。何だか懐かしい。雪だるまの顔もうさぎさんの顔も、ちゃんと笑っている。よかった。描いているその場面もちょっと見たかったな、と思う。

最後は、環七通りの新神谷橋。その北区側から足立区新田を眺めてみる。

隅田川の幅が広く、立派な堤防に護《まも》られてもいるので、こうして橋から見ると、やはり島感はある。強い。

コーヒータイムは島外で。東十条《ひがしじゅうじょう》銀座通りにある神谷《かみや》珈琲店さんに入る。

毎回言うが。東京は、大通りから少し離れただけで静かになる。今回は特に交通量が多い環七通りだからか、いつにも増していきなりだった。例えて言うなら、音楽スタジオで防音扉を閉めたときのあの感じ。

おなじみのストレートコーヒー、今日はタンザニアを頂く。

そういえば、最近、こうしたカフェで、砂糖とミルクはおつかいですか？　と訊かれることが多くなったような気がする。ブラックで飲む人が増えたということなのか。

ちなみに僕はブラックです。豆腐にしょうゆすらかけない僕が、コーヒーに砂糖やミル

クを入れるはずがないのです。

まあ、そんなことはいいとして。

ここも北区だが、王子神谷駅からの帰りに散歩を兼ねて寄るのは悪くない。有意義なまわり道。このあと島に戻る、という感じがいいのかもしれない。

町の島。選択肢からは外せない。


（二〇二二年一月）

第十六回　新宿区

# 駅前キュートな
# 下落合

ついに来ました新宿区。

そこは町の選定が難しい。初めから家賃五万円はあきらめて、四ツ谷や四谷《よつや》三丁目にするか。それとも神楽坂や早稲田にするか。

地図を見ていて、思った。ん、下落合《しもおちあい》？

ほぼ知らないがゆえに決定。知らないのなら家賃も安めなはず、ということで、決定。

調べてみたら。新宿区の地名には、西落合があり、上落合があり、中落合があり、下落合がある。なら落合もあるのかと思いきや、それはない。が、東京メトロ東西線に落合駅はある。そんなふうに新宿落合グループができている。

ともかく、今回は下落合。ＳＵＭＯで検索。無理かと思ったが、いつもの条件で収まった。

駅から徒歩十三分。築四十五年。五畳。家賃四万八千円。

これまではご縁がなく初めて乗った西武新宿線。降り立った下落合駅は、それ自体が神田川と妙正寺川《みょうしょうじがわ》に挟まれている。そもそも、二つの川が落ち合う場所ということで、落合、となったらしいのだ。

ちょっとおもしろい。これでは、いわゆる駅前というものが形成されにくい。事実、その感じはない。だからこそなのか、小さな書店さんがあって、ほっとする。

町の書店さんは、なくならないでほしい。店にたまたま置かれていた本を手にとる。買

## 第十六回　新宿区
## 駅前キュートな下落合

ってみる。そんな本との出会い方がなくなるのは惜しい。そこから広がるものも、まちがいなく、あるのだ。

片側三車線と広い新目白《しんめじろ》通りを渡り、少し進んで左折。細い道に入ると、そこはあっという間に住宅地。さすが東京。さすが二十三区。

まずは名前が気になっていた新宿区立野鳥《やちょう》の森《もり》公園へ。

新宿区なのに野鳥の森。で、森なのに地図で見る限り小さい、公園なのに場所がわかりづらい、という何とも愛らしい公園だ。

行ってみると、確かに狭いが、その分、緑率は高い。これなら野鳥も来るかもしれない。

そう考えたところで、ふと思う。野鳥の目に、東京の町はどんなふうに映るのか。僕らで言う、とてもじゃないが人は住めない密林のようなものなのか。

その東京を果敢に飛ぶ野鳥。あえて難コースを攻める野鳥。さえずりの声は優しいが勇ましい。応援したくなる。可能なら一緒に飛びたくなる。

続いて、すぐ近くにある七曲坂《ななまがりざか》へ。

折れ曲がった坂であることからこの名が付いたらしい。傾斜は結構きつい。でも左右にちょこちょこ緑もあり、歩いていてあきない坂だ。

そこを上りきって、右折。今度は、これまた名前が気になる新宿区立おとめ山《やま》公園へ。

おとめは乙女と思わせて、御留。江戸時代に将軍家の鷹狩りや猪狩りなどの狩猟場だったため、一帯は立入禁止となっていた。だから御留山と呼ばれていた。それが現在の公園名の由来だという。乙女と狩猟場。イメージ、真逆。

ここはかなり広い。広場があり、原っぱもある。東屋《あずまや》もある。わき水の名所でもあり、園内のホタル舎ではホタルの飼育がおこなわれているそうだ。新宿で野鳥もすごいがホタルもすごい。緑も多いから、野鳥はむしろこちらを選んでしまうかもしれない。

公園を出ると、北上して、左折。にぎやかな目白通りを西へ。

途中でまた左に折れて物件の位置を確認。通りからはそこそこ離れるので、騒音は届かなそう。例によって、東京マジック。ちょっとなかに入るだけで空気は変わる。

目白通りに戻り、同じ落合グループの都営大江戸線落合南長崎《みなみながさき》駅方面へ。

でも駅までは行かず、山手通りに左折して南下。都営大江戸線の隣駅にして西武新宿線の下落合の隣駅でもある中井《なかい》駅へ。

中井富士見橋で駅上を通過。せっかくなので、山手通りをさらに南下し、東京メトロ東西線の落合駅へ。

下落合。落合南長崎。中井。落合。名前が出てきた四駅。失礼ながら、これらがそれぞれ何線の駅かをすべて正確に答えられる都民は何パーセントいるのか。

そこからはギリ新宿区を出ないようにうまいこと進み、神田川沿いの小道へ。

東京のあちこちにあり、これまで何度も通ってきた川沿い小道。しばし歩き、路地を抜

さかえ通り商店街
神田川
Kanda Riv.

けて、ランチ。ここに並ぶ店はどれも魅力的だなぁ、と思いつつ、キッチンニュー早苗《さなえ》さんに入る。

キッチン、という言葉に今回もやられてしまう。そう来られてはもうダメだ。さらに言えば、ニュー、もかわいらしい。若返った早苗さん、を感じさせる。

主に洋食。キッチンらしく、メニューも豊富。すべてにそそられる。重いものは敬遠しがちになっているはずの五十すぎのおっさんをそそらせるなら本物だが。まだ敬遠しがちになっていない僕は余裕でそそられる。

鳥の立田揚げとしゅうまいと目玉焼きとご飯とみそ汁、というラインナップの日替り定食に加え、マカロニサラダも頼んでしまう。僕は餃子よりもしゅうまい派。そしてマカロニも好きなのだ。

マカロニサラダは定食にも付くから、定食のほうはポテトサラダにしましょうか？　とわざわざご主人が言ってくださった。お願いした。ありがたし。ナイスキッチン。

すべておいしかった。お腹もいっぱい。ごちそうさまです。

食後は、先ほど素通りしていた新宿区立下落合図書館に戻る。

まだ新しいらしく、かなりきれいな図書館だ。が、火曜日なのに、休館。図書館はどこも月曜休館だと思いこんでいた。失敗。

一応、検索してみた。僕の本は十数冊置いてくれていた。一冊は借りられてもいた。新宿区のかたも読んでくださっているのか、とうれしくなる。まあ、これは、どちらにお住まいのかたでもうれしいのですが。

ちなみに、僕は今まで、自分の本を読んでいる人の姿を見たことがない。というか、見かけたことがない。例えばカフェで読んでいるとか、電車のなかで読んでいるとか。

ブックカバーをかけているかたが多いからでもあろうが、そうでなくても見ないはず。僕如きではそんなものだ。考えればわかる。無数にあるなかから僕の本を選ぶ。その本をカフェや電車のなかで読む。それを僕が見かける。確率としては低い。ゼロと言ってもいい。でも、たぶん、人気作家さんならそういう経験もあるのだ。何なら、慣れているかもしれない。行きの電車でも帰りの電車でも見たりするかもしれない。いや。そこまでの人気作家さんなら、もしかしたら電車には乗らないのか。移動は常にタクシーなのか。

うーむ。僕はこの先も無理でしょうね。見ることはないでしょうね。もし見たら、逆に死のお告げとか、そんなふうに思ってしまうかもしれませんよ。

図書館を出ると、同じく先ほど素通りしていた新宿区立せせらぎの里《さと》公苑へ。

公園ではなく、公苑。新宿区のホームページによれば。下水処理の施設を地下化し、地上部にその処理水を利用したせせらぎが作られています。せせらぎの周りにはコナラを主体とした雑木林があり、花の新緑が楽しめるほか、夏には格好の水遊び場になります。とのこと。

確かに、隣は東京都下水道局落合水再生センターだ。今度はその屋上部分にあたるという落合中央公園へ。

こちらは文字どおり屋上。階段を上っていく。

北区編の浮間舟渡でも同じような公園があった。限られた土地をどううまくつかうか。それは、町、というか都市の永遠の課題だろう。

そう考えれば、タワーマンションの建設も理に適ってはいる。土地が狭いから家を二階建てではなく三階建てにする、というのと同じ発想だ。

でもあれ、最終的には何階建てまでいけるのだろう。

世界では、高さ一キロ超のビルの建設計画もあるという。エントランスホールから家まで一キロ。しかも上に。すさまじい。

人間が下から連れこんでしまわない限りゴキは出ないのか。蚊はどうなのか。花粉は飛ばないのか。窓は当然はめ殺しだろうから症状はまったく出ないのか。

と言うその前に。地上一キロの場所で人は普通に生活できるのか。地表と同じ気持ちで過ごせるのか。

例えば上階から乗って一階のボタンを押したら。エレベーターも省エネのために五階あたりまでは重力を利用して下ったりして。つまり、自然落下したりして。バンジーエレベーター。ちょっとこわい。

## 第十六回　新宿区
## 駅前キュートな下落合

公園をあとにし、下落合駅に向かって歩く。

そういえば。港区編の三田で、底ダダ減り靴の写真を撮った。あのあとまったく同じ靴を下ろしたのだが。早くも底が減り、穴があいている。

何故だろう。ヤンキー諸氏のようにかかとを引きずって歩いたりはしないのに。

こんなふうに減るのが普通なのか。でなければ僕が歩きすぎるのか。

どんなに歩いても底が減らない靴。今五十すぎの僕が生きているあいだにそんなものが発売されるといい。値段は五千円ぐらいでお願いしたい。靴底自体が鉄やコンクリート、みたいなのはひざをやられそうだから、そこはゴムでお願いしたい。

というそれはもう、靴メーカーさんではなく、あの青いドラ先生にお願いするべき事案なのか。

そしてコーヒータイム。山《やま》ゆりさんに入る。これでは形成されにくいと言った駅前。まさにその駅前。北口から五十メートルもないところにあるお店だ。すぐわきを妙正寺川が流れている。

ストレートコーヒー。初めてのケニアというものを頂く。フルーティーな苦みが特徴だそうだ。

駅から五十メートル。おいしいコーヒー。この感じだと、帰宅とここでのコーヒーがセットになってしまうかもしれない。帰りだけでなく、行きもそうなってしまうかもしれない。極端なことを言えば、落ちつけるカフェを見つけた時点で僕の勝ちなのだ。実際、お店を出たあとも、わずか数十歩で駅に着く。感覚としては、お店を出た時点でもう駅。傘いらず。ロータリーなし。車の気配もなし。駅前らしくない駅前。キュートだ。下落合にも自作の登場人物は住んでいないが、隣の高田馬場《たかだのばば》には『東京放浪』の根本誠《ねもとまこと》が住んでいる。実家が元理容店。高田馬場だが一戸建て。建て直す際には三階建てにするつもりでいる。

この『東京放浪』から、僕自身の東京放浪も始まった。ほぼ知らない、という奇妙なご縁で、今日は下落合の町を歩いた。

なのに住んでもいいと思えるから不思議。

（二〇二二年二月）

第十七回　江東区

# 何だか広いよ
# 東大島

江東区は、江戸川区同様、僕の小説によく出てくる。ゆえに激戦区。『ひと』の南砂町《みなみすなまち》、『食っちゃ寝て書いて』の清澄白河《きよすみしらかわ》、『その愛の程度』の越中島《えっちゅうじま》、『タクジョ！』の東雲《しののめ》。どこにしようか迷った。

どこでもない町にした。自分でもちょっと意外。都営新宿線の東大島。おおしまではない。おおじま。濁《にご》る。

ここは、駅に惹かれた。

駅が二つの区にまたがっている例はたまにある。が、この東大島は駅が旧中川をまたいでいる。西側の大島口から出ると江東区で、東側の小松川《こまつがわ》口から出ると江戸川区。江東区民と江戸川区民が両サイドから利用するのだ。そしてホームで一緒になる。

そのホームの壁にある窓から下の川が見える。これはいい。駅がただの駅でなくなる。付加価値が出る。行くのがちょっと楽しみになる。

ということで、ＳＵＭＯで検索。この辺りならひょっとして、と期待しましたが。いつもの五万円以内では無理でした。

駅から徒歩五分。築四年。五畳。家賃六万円。でも江東区で駅から五分で六万円なら悪くない。

ホームで窓越しに川の写真を撮ってから、スタート。

改札を出て、番所橋《ばんしょばし》通りと新大橋《しんおおはし》通りの交差点に立つ。

## 第十七回　江東区
## 何だか広いよ東大島

広いな、と思う。何というか、道が広く、結果、交差点も広い。対角が遠く感じられる。マンションが多いのに圧迫感はない。だから町そのものも広く感じられる。

番所橋通りを北上し、物件へ。

駅から近いと、まず物件に行けるからいい。十分以上かかる場所だとあとまわしにしたりするので、途中で忘れそうになるのだ。

実際、どの回でだったか、町歩きに気をとられて肝心の物件チェックを忘れ、あわてて戻ったことがある。この企画でそれをしなかったらわけわからんでしょ、と自戒した。

今回のここは、一戸建ても一方通行路も多い住宅地。大通り沿いでもないので、静か。

まあ、いつもの東京といえばそのとおり。東京はにぎやかな都市だが、住宅地までもが騒がしいわけではないのだ。騒がしいなら、人は住まない。

では歩きます。番所橋通りを渡って東へ進み、大島小松川公園へ。

この公園も、東大島駅と同じように、旧中川を挟んで江東区と江戸川区にまたがっている。地図を見てください。駅の周辺はもう、緑色だらけですから。

園内にかかる橋を渡ってしまうと江戸川区なので、今日は渡らない。あくまでも江東区にとどまる。ただ、この橋自体が広いので、そこに立っているだけで気分がいい。

続いて、すぐ近くにある江東区立東大島図書館へ。

こちら、中央図書館でもないのに僕の本を三十冊近く置いてくれていた。ありがたい。

図書館を出ると、番所橋通りを南下する。

右折して小名木川《おなぎがわ》沿いの道に入り、そこを西に進む。

まっすぐなので、川というよりは運河といった印象。

調べてみたら。やはり運河らしい。江戸時代初期に徳川家康《いえやす》の命令でつくられたという。さすが家康。こんなところにも名を残している。令和のこの時代に、ぽんと名前が出てくる。

やがて丸八《まるはち》通りに左折し、そこをさらに南下。

初めは想定していなかったのだが。地図を見て、東大島から砂町銀座商店街が近いことに気づいた。近いと言っても、歩いて二十五分ぐらい。でも歩き屋の僕にしてみれば近い。行ってしまう。

砂町銀座商店街は、自作『ひと』の舞台。商店街は実在するが、おかずの田野倉《たのくら》という店は架空。ほかにも、おしゃれ専科出島《でじま》やリカーショップコボリといった架空の店を出した。

おしゃれ専科出島は婦人服店。そこの長イスにぐで〜んと寝そべっている猫のぶぅは自分でもかなり好きだ。太ってしまったから飼主にして店主の出島滝子《たきこ》さんが名前をぶぅに変えた、という部分も含めて好き。

久々の砂町銀座商店街。どの駅からも離れているのに、そして平日の昼すぎなのに、な

自転車専用
砂町銀座

かなかのにぎわい。十条《じゅうじょう》銀座商店街や戸越《とごし》銀座商店街とともに東京の三大銀座商店街と言われるだけのことはある。そりゃ『ひと』の聖輔も引き寄せられてしまう。

銀座と付けられる時点で僕も好き。聖輔同様引き寄せられついでに、江東区砂町文化センターにある砂町図書館にも寄る。

本日二軒め。図書館としての規模は大きくないが、それでも僕の本を二十冊以上置いてくれていた。これまたありがたい。

幸い、『ひと』も借りられていた。

この『ひと』、江東区立図書館のホームページで見ると、区内のほかの図書館の欄では区分が、本、となっているのに、この砂町図書館の欄だけは、江東区関係、となっていて、ちょっと笑った。関係者と認められたようで、何かうれしい。

ついつい食べ歩きをしたくもなるが、そこは我慢。食べはなし。歩きのみ。ぶらぶらして、ただただ商店街の空気に浸る。

もし住んだら何度も来ちゃうだろうなぁ。コロッケに焼鳥。食べ歩いたうえに持ち帰りもしちゃうだろうなぁ。

と思いつつそこを離れ、東に進んで仙台堀川《せんだいぼりがわ》公園へ。

ここは三・七キロにも及ぶ都内最大の親水公園だという。

こうした細長い親水公園を各地で歩いた。だから慣れてきたのか、むしろ都内らしい風

第十七回　江東区
何だか広いよ東大島

景、と思うようにもなってきた。

親水公園。わかるようなわからないようでな。でも何となくわかる。そんな言葉。

これも調べてみた。辞書にはこうあった。

水質汚濁《おだく》や護岸工事などで水辺から遠ざけられた都市住民のために、河川・湖沼《こしょう》・海浜などの地形を利用して、水と親しめるように作られた公園。河川に沿って遊歩道を作ったり、川底に自然石を置いたり、滝や水遊びのできる場所などを設けて水辺に親しめるようにしたもの。

なるほど。確かに人は水と親しむべきだろう。水と親しみたくなるものだろう。納得。僕自身、これからもどんどん親しむ所存です。

その仙台堀川公園を北上し、塩《しお》の道橋《みちはし》で小名木川を渡る。木をイメージさせる独特のデザインの橋だ。名称は近くの小学校の児童から募集して決めたという。

塩の道。何だか深い。その塩は汗由来なのか、涙由来なのか。大人だな。江東区の児童。と思ったら。かつてあった行徳塩田《ぎょうとくえんでん》の塩を運ぶためにつくられたのが小名木川なので、そこ由来であるようです。

いくらか駅のほうへ戻り、ランチ。今日は中華。龍山《りゅうざん》さんに入る。

ラーメンとチャーハンのセットに惹かれながらも、小ライスと小菜が付いたうま煮麺セットを頼む。僕はあんかけものに弱いのだ。もうね、言葉がいいですよ。うま煮。うまいって言っちゃってんだから。

その看板に偽りなし。本当にうまかったです。満足。

そこからは、旧中川と小名木川の合流点付近にある旧中川・川の駅へ。

道の駅ならぬ川の駅。こんなものがあるのは知らなかった。全国的に増えているらしい。

旧中川・川の駅は、江東区の施設。オープンは二〇一三年、都内初の川の駅だという。

水陸両用バスが入出水するためのスロープ。カヌーや和船《わせん》などの手漕船乗船場。開いているのは土日と祝日だけだが、売店と無料の足湯があるにぎわい施設。川上の休憩施設となる川床。以上の四つからなる。まさに水辺に親しめる施設だ。水彩《すいさい》都市を自任する江東区ならではは、かもしれない。

水はすごい。何だかんだで、世界とつながっているのだ。それを言ったら空もそうだが。水のほうがつながりは濃いような感じがある。

川の駅をあとにして、大島小松川公園のわんさか広場を横切る。まさに広場。遊具の類は何もない。ただ広い。

これも各地を歩いて気づいたことだが、都内にはこの手のただ広い公園も案外多い。芝地や草地というだけ。いいことだと思う。都内では何よりも空間が貴重だから。

東大島の駅前にはカフェらしいカフェがない。コーヒーを飲めるとしたら、ファミレスやハンバーガー屋さん。ならばと趣向を変え、ミスタードーナツ東大島駅前ショップさんに入る。

普段甘いものは食べないが、こちらのドーナツ、オールドファッションは好き。と言いながら、最後に食べたのは三十年近く前。そのころから名前はそれだった。オールドは未来永劫オールドだ。若返ることはない。

普段は間食もしないが、今日は特別。そのオールドファッションを頂く。それと、ミスドブレンドコーヒー。コーヒーはおかわり自由であることに感謝。せっかくなので、自由を享受。

ドーナツ屋さんでコーヒー。昔銀座にあったダンキンドーナツを思いだす。

そこは二十四時間営業だった。僕が二十代前半のころの話だ。当時、銀座で深夜にコーヒーを飲める店はほとんどなかった。そこと今の椿屋《つばきや》珈琲銀座本館さんぐらいだったと記憶している。

友だちとコーヒーを一杯飲み、僕らは車で名古屋へ向かった。車で名古屋に行くという発想。若い。といっても、運転が苦手な僕は友だちまかせ。ひどい。

その後数年で店はなくなった。ダンキンドーナツ自体が日本から撤退してしまった。ミスタードーナツでダンキンドーナツを思いだすなよ、と思うが、思いだしてしまうのだからしかたがない。僕もまたオールドなのだ。若返ることはない。どうでもいいこんな記憶が積もるのみ。

初めに言ったように、江東区は僕の小説によく出てくる。たくさんの登場人物が住んでもいる。住みまくっている。

で、今さらそれ？　なことを言ってしまいますが。そこから来る親しみもありまして。江東区なら、東大島に限らずどこにでも住めてしまうのではないかという気がしている。

（二〇二二年三月）

第十八回　世田谷区

# ふんわりやわらか世田谷

世田谷区に住みたい。と言う人は多い。

それは自分が大学生のころから感じていた。世田谷区はイメージがいい区、というイメージがあった。逆に言うと、そんな漠然としたイメージしかなかった。

調べてみたら。二十三区で人口が一番多いのは世田谷区。面積の大きさでは二番だが、人口の多さでは一番。人気の高さが証明された形だ。

ちなみに、人口が一番少ないのは、第一回で訪ねた千代田区。まあ、それはそうだろう。人気がないのではない。宅地が少ないのだ。

イメージがいいイメージしかない世田谷区。もしや桃源郷《とうげんきょう》なのか。

どの町を訪ねるべきだろうと思い、世田谷のなかの世田谷、世田谷区世田谷にしようと決めた。路線名にまで世田谷が付く東急世田谷線の世田谷駅だ。

荒川区編の都電荒川線に続いてまた路面電車に乗りたいとの理由もあった。

東急世田谷線は二両編成。都電荒川線よりは普通の電車感が強い。走るのはすべて専用軌道。道路上は走らない。

ただ、環七通りと交差する若林《わかばやし》踏切では、車を待たせるのではなく、自ら信号待ちをする。そのあたりはちょっとかわいらしい。

世田谷からだと、渋谷に出るなら三軒茶屋《さんげんぢゃや》行きに乗り、新宿に出るなら下高井戸《しもたかいど》行きに乗る、という感じだろうか。三軒茶屋と下高井戸。その二駅を結んでしまうあたりもまた、

## 第十八回　世田谷区
## ふんわりやわらか世田谷

ちょっとかわいらしい。

ＳＵＭＯで検索。取材日が引越シーズンの三月末だったからなのか、予想外に五万円で収まった。

駅から徒歩二分。築三十八年。六畳。家賃四万九千円。お釣りが来てしまった。浮いたその千円で何食べよう、と思うことができた。

ＩＣカード乗車券ユーザーとなってからは初の路面電車。え、何、お金はどう払うの？と三軒茶屋駅の改札で早くもオロオロしつつ、ピッとやって乗車。

均一料金なので、その一度でいいらしい。あとは何もせずに目的の駅で降りるだけ。改札のない無人駅から乗る場合は、車内でピッ。なるほど。

都電荒川線同様まさにノー改札の世田谷駅を出る。

慣れていないため、ほんとにこのまま出ちゃっていいの？　出たら東急の人が追いかけてくるんじゃないの？　東横線の起点駅である渋谷あたりまで連行されるんじゃないの？とつい不安になってしまう。

だいじょうぶでした。追いかけられませんでした。連行もされませんでした。

人口が一番多い区に無人駅、というその事実に感銘を受けながら、物件へ向かう。

ここは世田谷区。住環境が悪かろうはずがない。との予想どおり、悪くなかった。各町を東急世田谷線が、はいごめんなさいよ、と縫《ぬ》って走る感じ。そもそもが住宅地なのだ。

今回のプランは、足立区新田でもやったのと同じ。世田谷区世田谷一周作戦。世田谷区世田谷の外周を歩こう、ひとまわりしてしまおう、というもの。

それをさっそく実行。東に進み、右折して世田谷区若林との境の道に入る。

若林側には世田谷合同庁舎。ここには世田谷区立世田谷図書館があり、世田谷税務署もある。

図書館もありがたいが、税務署もありがたい。

僕みたいな仕事をしていると、確定申告は自分でしなければいけないので、税務署が近いのは便利。あれこれ訊きに行けるし、申告書の提出も楽。

数学が、というか数字が苦手な僕にとって確定申告は難題なのだ。サインコサイン確定申告。微分積分確定申告。本当に難しい。いつもふうふう言っている。いや、ゼーゼー言っている。

その先、世田谷側には世田谷区役所がある。普段は案外行かないが、区役所が近いのも便利。今は、世田谷区本庁舎等整備工事、の真っ最中でした。令和九年十月までの予定だそうです。

世田谷には、自作『東京放浪』の大木《おおき》昌康《まさやす》・瑞代《みずよ》夫妻が住んでいる。

二人は同じワンルームのアパートで別居している。それぞれに部屋を借りているのだ。壁で仕切られた隣り合う部屋を。夫婦関係はこじれてしまったが完全に離れたらマズい、と

## 第十八回　世田谷区
## ふんわりやわらか世田谷

どちらもが思ったことで。

その取材で来たときに、ここ世田谷区役所で野球親子を見た。それは小説にも書いた。中学生らしき男子がピッチャーで、その父親らしき四十前後の男性がキャッチャー。建物の壁を背にしゃがんだ男性がかまえたキャッチャーミットを目がけ、男子が速球を投げこんだ。スパン！　という小気味いい音が何度も響いた。かなり本格的なピッチング練習。親子鷹、という言葉が浮かんだ。

それがもう十年近く前。あの男子はどうしているのか。たぶん、今、二十代前半。もしかしたらプロ選手になってたりして。

一周すると言ったそばから世田谷区世田谷を出て、寄道。吉田松陰《よしだしょういん》を祀《まつ》る松陰神社へ。さすが有名な吉田松陰。立派な神社だ。

と言いつつ、恥ずかしながら、僕は吉田松陰が具体的に何をした人なのかよく知らない。知っているのはざっくり、思想家、塾長、ということくらい。

日本史の幕末に登場する人たちにはそんな人が多い。判明している事実が多すぎるので、逆にそうなってしまうのだろう。天下をとって幕府をつくりました、どこそこで戦をしました、こんな仏像をつくりました、こんな城をつくりました、ではすまないのだ。

と自身の無知の言い訳をしたところで世田谷区世田谷に戻り、国士舘《こくしかん》大学のあいだの道を通って、左折。烏山川緑道へ。

文字が小さいからと見まちがえてはいけない。これ、鳥山《とりやま》、ではない。烏山《からすやま》。千歳烏山《ちとせ》でおなじみの、からすやま、だ。

烏山川はかつて世田谷区内を流れていたという。今はほぼ全面的に暗渠化されているらしい。この辺ではその緑道が、世田谷と、梅丘《うめがおか》や豪徳寺《ごうとくじ》との境になっているのだ。

そこでまた寄道。世田谷を出て、豪徳寺にある世田谷区立世田谷城阯《じょうし》公園へ。

城阯公園。名前にまず驚く。こんな城をつくりました、のその城。世田谷城。

今では想像もできない。世田谷に城があったのだ。世田谷に、もそうだが、可能なら城にも住んでみたい。またつくってくれないかな。城アパート、みたいな形で。キャッスル世田谷、とか。

世田谷区のホームページによれば。清和源氏《せいわげんじ》・足利《あしかが》氏の一族である吉良《きら》氏の居城で、世田谷城阯公園には土塁《どるい》と空堀《からほり》の一部が残されているとのこと。

当たり前だが、どの町にだって歴史はあるのだとあらためて痛感。

世田谷に戻って緑道を離れ、東急世田谷線の踏切を渡る。

左折をくり返して、駒留《こまどめ》通りを東へ。

また左折し、駒中《こまなか》通りを北上。世田谷駅の隣、松陰神社前駅に出る。

西部でややショートカットしてしまったが、これにて世田谷区世田谷一周は終了。

で、世田谷駅に戻る途中でランチ。世田谷通りにある長崎ちゃんぽんと皿うどんの長崎

第十八回　世田谷区
ふんわりやわらか世田谷

さんに入る。

忘れていた。我々にはそばがあった。と、目黒区編の都立大学でおそば屋さんに入ったときにも思ったが、今回も思った。

そう。忘れていた。麵類には長崎ちゃんぽんもあるのだ。ちゃんぽんはいい。太麵好きの僕はそそられる。野菜やら海老やらちくわやらかまぼこやらの具材もたっぷり入っている。

メニューを見て即決。明太子のせ半ライス付きの長崎ちゃんぽんセットを頼む。これはもう不可抗力。白ご飯に明太子をのせられたらね、そりゃ頼んでしまいますよ。

二十三区の西で日本の西の食べものを頂く。いやぁ。おいしかったです。スープまで飲み干させていただきました。

さあ、後半。今度は世田谷区世田谷の内側を少し歩いてみる。

駒沢公園通りをすぐに右折。ボロ市《いち》通りへ。

ボロ市は、蚤《のみ》の市《いち》を中心とする祭礼。十二月と一月の年二回、二日ずつ、ここボロ市通りでおこなわれるそうだ。古着のほか、骨董《こっとう》品や古本や植木や食料品なども売られるらしい。ボロ市という言葉を聞いたことがあっただけ。知らなかった。

そのボロ市通りの中ほどにある世田谷代官屋敷へ。

これまた世田谷区のホームページによれば。彦根藩《ひこねはん》世田谷領二十か村の代官を世襲した大場《おおば》家の役宅《やくたく》で、大場代官屋敷とも呼ばれているとのこと。

彦根藩といえば滋賀県。その世田谷領。よくわからないがすごい。

とまたしても無知を全開にしてしまうが、ともかくここにも歴史はあるわけだ。形として残されているわけだ。

さすがに靴を脱いで上がれまではしないが、こちらは屋敷のなかも覗けるようになっていて、何だかちょっとよかった。敷地内をゆっくり歩くだけで、町から一瞬離れたような感覚を味わえた。

世田谷のイメージが、ちょっと変わる。これまでの漠然としたイメージに色が付く。色といっても、歴史感に満ちたモノクロ。でもそれが今のカラフルな世田谷とうまく溶け合う。

そしてコーヒータイム。同じくボロ市通りにあるカフェヤスクーカさんに入る。ヤスクーカは、ポーランド語でツバメの意味だそう。ブレンドだけでなくストレートコーヒーも置いてくれているのがうれしい。こぢんまりしてはいるが、とても落ちつけるお店だ。

代官屋敷のすぐそばにこんなカフェがあるのだから、やはり世田谷はすごい。それでも違和感が出ないのだから、にくい。

ほどよい苦味と甘みがあるというハワイコナブレンドを頂く。

商店街
306-A

代官屋敷を見たあとにコーヒー。おいしい。和にもコーヒーは合うのだ。

基本、あれにこれは合う合わない、はほとんどが先入観の問題だと僕は思っている。先入観をなくせるなら合うと思えるし、なくせないなら合うとは思えない、ということ。どちらがいいどちらが悪い、では決してなく。

何であれ、コーヒーをおいしく飲めているなら健康だ。刺激物は刺激物。体調を崩していると飲む気にはならない。町を楽しく歩け、コーヒーをおいしく飲めるのなら言うことはない。ありがたい。

前に『東京放浪』の取材で来たときよりはがっつり歩き、がっつり見た。

結果、世田谷区世田谷は桃源郷ではなかった。お高くとまってもいなかった。ボロ市までおこなわれる、親しみやすく、住みやすそうな町だ。むしろやわらかな感じがある。

世田谷区に住みたい。というか。

世田谷に住みたい。と言ってもいい。

（二〇二二年四月）

第十九回　文京区

# 何ともほどよい新大塚

僕が地理的に最もつかめないのが文京区《ぶんきょう》だ。

いや、名前を知っている町は多いのだが、ほかの区との境も含め、位置関係がどうにもつかめない。

北で油断していると、いつの間にか豊島区。西で油断していると、いつの間にか新宿区。東で油断していると、いつの間にか台東区。南だけは、ＪＲの中央・総武線が千代田区との境っぽいから、まあ、多少の油断も可。

と、そんな印象がある。

その文京区ではどの町か。すぐ近くの千石《せんごく》と迷って、新大塚《しんおおつか》にした。ＪＲ山手線の大塚駅ではない。東京メトロ丸ノ内線の新大塚駅だ。中野区編で中野新橋を訪ねたときの方南町支線ではなく、本線。

新大塚は駅名。地名だと、文京区大塚。駅自体が豊島区との境に位置していて、一部は豊島区になるらしい。だから駅の利用者は豊島区民と文京区民が半々かもしれない。

大塚は文京区だが、南大塚は豊島区。でもおもしろいことに、南大塚は大塚の北に位置している。豊島区には北大塚もある。その北大塚やＪＲ山手線の大塚駅から見ての南、ということであるらしい。

でもって、丸ノ内線の駅名は新大塚。ややこしい。いつか真大塚決定戦が開かれるかもしれない。ゴジラふうに言えば、シン・大塚、か。

## 第十九回　文京区
## 何ともほどよい新大塚

ワンルームで五万円。いつもの条件で、ＳＵＭＯで検索。駅から徒歩六分。築四十五年。六畳。家賃四万八千円。前回の世田谷区編に続き、意外にも収まりました。まさか二千円浮くとは。

探索を開始。春日《かすが》通りを南下し、文京区立大塚公園へ。文京区立だが、この公園も一部は豊島区になるらしい。

四月末。緑多し。この時季の緑は、もう、真緑。見ているだけで気分がいい。園内にはみどりの図書室なるものもある。こぢんまりしたかわいい建物だ。つい入ってしまう。

図書室、という規模なので、さすがに僕の本は四冊しかなかった。でも少ない蔵書のなかに食いこめたのならうれしい。二冊が借りられていたのもうれしい。

などと喜びながらそこを出ると、近くに気になるものが。

像。短パン姿の少年が両手を首の後ろにまわして立っている。実はここ、文京区ラジオ体操発祥の地、らしいのだ。文京区、と付けるところが奥ゆかしい。

ラジオ体操は一九二八年に始まった。昭和三年。この大塚公園もその年に開園したという。

夏休みのラジオ体操。今、小学生たちはやっているのだろうか。

僕が小学生のときはやっていた。というか、やらされていた。

わけもわからず起こされて、わけもわからず校庭に行かされて、わけもわからず体をあれこれ動かして、わけもわからず帰ってきた。そのときでもまだちゃんと目が覚めていなかったりした。おそらくはそんな僕ら狙いで朝早くに再放送されていたウルトラマンシリーズを見てやっと目を覚ましたりもしていた。

体操に参加するたびにスタンプを押してもらい、最終日に鉛筆か何かをもらった覚えがある。毎日早起きさせられてこれ。割がよくないな。と小学生ながら思った覚えもある。

ラジオ体操。今もできるだろうか。あの音楽が鳴れば、体は勝手に動くだろうか。

ラジオ体操第一ならともかく。第二はちょっと自信がない。

でも鉛筆ならぬシャープペンシルの芯をごほうびとしてくれるのなら、やりたい。小説を書く際、僕は一度手書きですべて下書きをするので、芯が減ってしかたがないのだ。

ただ、五十すぎのおっさんが早朝にラジオ体操をやったとして。いったい誰が、はいこれごほうびです、とシャープペンシルの芯をくれるのか。

公園をあとにすると、不忍《しのばず》通りと千川《せんかわ》通りを経由して小石川《こいしかわ》植物園へ。

よく耳にするそれはあくまでも通称。正確には、東京大学大学院理学系研究科附属植物園、らしい。つまり、東大の施設なのだ。一応、有料。基本、この探索で有料施設には入らないつもりなので、ここはスルー。でも住んだら行ってみようと思う。

ということで、わきを歩き、塀の外から見える木々だけを見る。有料の施設からはみ出

## 第十九回　文京区
## 何ともほどよい新大塚

した木々を無料で鑑賞。これも盗撮ならぬ盗視になるのか？　何らかの罪に問われるのか？　とややあせりつつも密かに鑑賞。

千川通りを南下すればたどり着く都立庭園の小石川後楽園も残念ながら有料。そこで、都道の牛込《うしごめ》小石川線及び東京メトロ丸ノ内線の後楽園駅を挟んですぐ隣にある文京区立礫川公園へ向かう。

すると、千川通りの道路前方に何やらのっぺりした白いものが。

おぉ。そうでした。あれはまさに東京ドーム。

久しぶりに見た。水道橋や後楽園は、案外来ないのだ。それこそ東京ドームや後楽園ゆうえんちに来るときぐらいのもので。いや、後楽園ゆうえんちとはもう言わないのか。今は、東京ドームシティアトラクションズ。ぴんと来ないがしかたない。時代は変わるのだ。

東京ドームの前身である後楽園球場にも、僕は小学生のころに何度か行った。当時はプラチナチケットであった巨人戦のチケットをどうにかとって、父が連れていってくれたのだ。

大人たちがタバコを吸い、ビールを飲みながら、野球を観ていた。王《おう》選手がホームランを打つと、おぉっ！　と声を上げた。なかには立ち上がる人もいた。そうされると見えないから、結局はみんな立ち上がった。

ついでに言うと、このころの王選手は本当に毎日ホームランを打っている印象があった。

この後楽園球場話を僕は過去にエッセイに書きもした。

試合自体もそうだが、ガキながら、大人が野球を楽しむのを見ているのも楽しかった。こういうのをちゃんと楽しめる大人になりたいもんだなぁ、と紙カップのコーラを飲みながら思った。

カロリーゼロのコーラなどまだなかった時代だ。カロリーという言葉さえ、今ほどはつかわれていなかっただろう。黄色い箱でおなじみのあのカロリーメイトもまだ発売されていなかった。

あとは、そう、これは今もそのまま名前が残る後楽園ホールにも何度か行った。二十代前半のころ。そこでプロレスやボクシングを観た。

言わずと知れた格闘技の聖地。後楽園ホールはとても観やすいのだ。リングが近いので、飛び散る汗が見えるし、パンチが当たる音も直に聞こえる。臨場感がすごい。いや、感ではなく、まさに臨場できる。

実際に観た経験があったから、自作『今夜』でプロボクサー直井蓮児の試合を書けた。ボクシングについては一度書きたいと思っていたのだ。

まあ、それはいいとして。

礫川公園。地図で見たときはてっきり磯川《いそかわ》公園だと思ったが、実は礫川公園だった。れきせん、だ。今これを読まれている皆さんも、何人かはそう思われたのではないでしょう

入らないでください

か。

北東側の都営住宅に面した花壇は、かつて文京区に住んだ宮沢賢治《みやざわけんじ》が残した、涙ぐむ目、のデザインに由来するという。そのあたり、さすがは文京区。特に目指したわけではなくても文人に行き当たる。宮沢賢治といえば岩手の花巻。でも文京区にも住んでいたのか。

そこからは春日通りを北上。新大塚駅に戻って、ようやくランチ。近くの龍興刀削麺舗《りゅうこうとうしょうめんぽ》さんに入る。こちらのお店、場所はギリ豊島区になってしまうようだが、魅力的な麺類を前に硬いことは言うまい。

刀削麺。長さや太さが一律ではない独特な麺だ。やわらか豚げん骨肉の刀削麺と半炒飯を頂いた。普通の麺とはまたちがう歯ごたえに食べごたえ。硬いことを言わなくてよかった。おいしかったです。

後半は物件を訪ねる。細い道をくねくねっと六分歩いて着。

もうそこは完全に住宅地。うるさかろうはずがない。地下鉄の駅が最寄駅というのは、その点でもいい。たとえ駅の近くでも、電車の騒音を考える必要がないのだ。いや、でも。どうなのだろう。家の真下を電車が走っていたりすれば、少しは音もするのか。

またくねくねっと歩き、不忍通りに入って、護国寺《ごこくじ》へ。

護国寺は、出版社さんがあるのでたまに来る。アポなしで編集者さんを訪ねてもしかたないから、今日はそのもの護国寺へ。お寺へ。

## 第十九回　文京区
## 何ともほどよい新大塚

敷地に入れるようなので、入らせてもらう。駅名になるくらいだから、さすがに広い。お寺といえば。僕はお坊さんが出てくる小説を書いている。『片見里、二代目坊主と草食男子の不器用リベンジ』と『片見里荒川コネクション』。どちらにも架空の町片見里にある善徳寺の住職、徳弥《とくや》が出てくる。

執筆のため、本物のお坊さんに取材をさせていただいた。そのかたは僕よりもずっと歳下だったが、僕よりもずっと整っていた。人としての佇《たたず》まいというか、落ちつきがもうちがった。

そんなかたにお話を聞かせていただいたのに、似ても似つかぬなまぐさ坊主を主人公にしてしまった。何だか申し訳ない。

と言いつつ、その主人公徳弥のことは好きなのだ。だから、はっきりした続編ではない『片見里荒川コネクション』にも出してしまった。三度めがあってもいいかな、と今は思っている。

文京区には神田川が流れている。南西部江戸川橋の辺りでそのわきもちょっと歩きたかったが、中野区編と新宿区編で歩いたので、今回はなし。

新大塚に戻り、駅前というかほぼ駅上にある珈琲館ばるばどさんに入る。ストレートコーヒー。パプアニューギニア産だというシグリを頂く。

新大塚には、『タクジョ!』の森口鈴央《もりぐちすずお》と『今夜』の大町充之《おおまちみつゆき》が住んでいる。森口鈴央は文京区役所に勤めてさえいる。僕自身、区との縁はないのにそれ。そのあたりにもう、文京区への一方的な信頼が表れてしまっている。

今日は結構長く歩いた。ざっくり言うと、文京区の北西部と南部を往復した。

住宅地内の通りだけではない。大通りも含めて、どこも穏やかな感じがした。

文の京。ふみのみやこ。繁華街が少なく、オフィス街と言うほどのものもない文京区。でも今日は行かなかった東部には根津《ねづ》や千駄木《せんだぎ》といった魅力的な町もある。で、にぎわう豊島区の大塚から少し離れたところに位置する新大塚。何というか、ちょうどいい。

よく考えてみれば。この企画で特別区と指定した千代田区と港区、それぞれで訪ねた神保町と三田以外では初めての山手線環内なのだ。

にもかかわらず、その家賃。そしてこのちょうどよさ。

そりゃ住むでしょ。

（二〇二二年五月）

# 第二十回　練馬区
# 公園と生きる
# 石神井公園

練馬区《ねりま》には、正直、そんなになじみがない。練馬区、と言われてすぐに名前が出てくる町は、そのもの練馬と光《ひかり》が丘《おか》ぐらい。

練馬という言葉自体は、ガキのころから、練馬ナンバー、の形でよく耳にしていた。漢字までは知らなかったから、ラジオで聞いたのかもしれない。例えば床屋さんでの待ち時間なんかに。

今回はその練馬区。地図の緑色と青色を見た瞬間、おっと思った。

知っているからすんなり読めるが知らなきゃ読めない石神井。しゃくじい。石神井公園。その名前の駅もある。まちがいなくそこが公園の最寄駅。決定。

この企画もいよいよ二十区め。回を重ねてきて、わかった。なじみがない区ほど町決めで迷わないのだと。何せ、情報がない。それはつまり、迷う原因となる情報もないということなのだ。

はい、ＳＵＵＭＯで検索。

駅から徒歩八分。築三十八年。六畳。家賃四万五千円。

五万円のワンルーム、の条件を無事クリア。都心を離れて練馬まで来れば、ちゃんとそうなってくれるのだ。

区の南西部に位置する石神井。それが含まれる町名は、石神井町《まち》、石神井台、下石神井、上石神井、上石神井南町《みなみちょう》、の五つだという。上石神井、のあとに、南、も付くと何だかや

## 第二十回　練馬区
## 公園と生きる石神井公園

やこしいが、それは措いときまして。

石神井公園は、石神井町と石神井台にまたがっている。そして西武池袋線の石神井公園駅は石神井町にある。

ということで、探索するのは、石神井町と石神井台の石神井公園部分、に絞ることとした。今回は駅名からしてもう、公園回と言っていい。

まずは石神井公園駅北口に出て、通りを北上。左折して、大泉《おおいずみ》街道に入る。街道といっても広くはない。センターラインもない。住宅地のなかの道だ。

十分ほど西に進んでまた左折。都道とはいえその辺りでは一方通行路の井草《いぐさ》通りに入る。そこを一気に南下。西武池袋線の高架をくぐって、なお南下。

いよいよ石神井公園ゾーン。

とはいえ、まだ公園には入らない。素通り。並木道を楽しむ。並木といっても、高木。幹も太い。歩いているだけで、ちょっと沸く。

木の頂を見ようとすると、自然と空も目に入る。ビルだと空がふさがれたように感じるが、木だとそうは感じられない。隙間からも空の青が見えるからなのか。単に木のほうがビルよりは低いからなのか。

練馬区立石神井図書館に寄る。薄茶色の建物。趣《おもむき》のある図書館だ。

この企画で図書館には何度も寄っているが、初めから寄ろうとしているわけではない。たいていはその場で決める。

ただ、今回は初めから寄るつもりでいた。石神井図書館は自作『タクジョ!』にその名前を出しているからだ。

これは単なる偶然だが、『タクジョ!』ではさらに練馬図書館の名前も出している。青い建物、とそこまで書いている。

登場人物が石神井図書館にお邪魔したりするわけではないが、著者はお邪魔してみる。

僕の本は十数冊置かれていた。そのなかには『タクジョ!』もある。現物を見てしまった。すなわち、借りられてはいなかった。残念。もっとがんばらねば。

図書館を出て、そのわきの旧早稲田通りへ。

『タクジョ!』では、そこで小さな事件が起こるのだ。というか。起こらないという形で、起こる。

主人公の大学新卒タクシードライバー高間夏子《たかまなつこ》が危険な目に遭うというか遭わないというか。うまく逃げるというか逃げないというか。

と、まどろこっしい言い方をしてしまったが。フィクションとはいえ、結局そこで事件など起きていませんから、どうかご安心を。

で、そのすぐそばを流れているのが石神井川。

## 第二十回　練馬区
## 公園と生きる石神井公園

わきには小道もある。もはやおなじみとなった東京町《まち》なか川《がわ》ならではの風景だ。車は通れないので、歩きやすい。これはありがたい。距離を意識せずに歩ける。この感じで道が十キロ続いたら、知らないうちに十キロ歩いてしまうかもしれない。でも今はそうもしていられないので、一キロほどで川を離れ、練馬区立和田堀《わだぼり》緑地の和田堀緑道経由で石神井公園駅南口へ。

駅周辺のにぎわいを眺めて歩き、石神井公園通りに折れて、ランチ。

赤に白字で、中華、洋食、と頼もしいことが書かれ、店頭には食品サンプルまで飾られた辰巳軒《たつみけん》さんに入る。

実際、メニューは豊富。洋食なら、ハンバーグにカツカレーにオムライス。さらにはカツレツにポークソテーにチキンソテー。中華も手抜きなし。麺に丼に一品もの。

ほかに、各種揚げものの盛合わせのセット。あじ三枚に串カツ二本とか、ポテト入りハムカツ二個にあじ二枚とか。そそり過ぎ。あるもの全部食いたい欲、をかき立てられる。迷いに迷って、ちょっと贅沢。あまりにも意表を突かれたすき焼き定食を頂く。それは中華なのか、洋食なのか。

牛肉に豆腐にしらたきにねぎ、に生卵。定食とはいえ、ちゃんとすき焼き。おいしかったです。

次、すき焼きを食べられるのはいつだろう。これが最後だったりしてなぁ。

僕も五十すぎ。そう考えると、人生においてすでに食べ終えてしまったもの、は結構あるのかもしれない。これからは毎食、心していただきます。

さて後半。石神井公園通りを南下。やっと公園へ。

東京都立石神井公園。三宝寺《さんぽうじ》池エリアと石神井池エリアに分かれている。前者が石神井台で、後者が石神井町だ。町またぎ。

石神井池のわきを歩く。

この池は細長くて広い。端から端まで十分弱かかる。ここではボートにも乗れる。ローボート、サイクルボート、スワンボート、の三種類があるらしい。

葛飾区編のお花茶屋では、五十すぎのおっさんなのにブランコに乗った。今度この池に来たときは、スワンボートに乗りたい。

オーバーフィフティスワンボート・アット・石神井パーク。いい。

石神井池の中心からやや西のところには島もある。石神井池中之島、だ。

これは行ってみたくなるなぁ、と思ったら、橋がかかっていたので行ってみる。

いざ上陸してみれば、木々が生えているだけ。何のことはないが、上陸できたこと自体がうれしい。何ごともそんなものだ。遠足は前日までが楽しい。

公園を東西に分ける井草通りを渡り、石神井池エリアから三宝寺池エリアへ。

石神井池が人工池であるのに対し、三宝寺池はもとからあったものらしい。確かにそん

な感じはする。形が、何というか、自然なのだ。周りの木々もこちらのほうがずっと多い。足に優しい木道を歩き、その池をぐるっと一周。

地図で見ると、池の西には野鳥誘致林《ゆうちりん》というものがある。その言葉にちょっと笑った。誘致、が野鳥に伝わるかな、と思って。でも伝わればいい。来たれ、野鳥。

世田谷区編の世田谷にも世田谷城阯があったが、こちらにも石神井城跡がある。廃城になってから五百年以上経つらしい。まちがいなく、城が城として存在した期間よりずっと長い。城跡は永久に城跡だ。

いや、でも。例えば百年二百年後には、いつまでも城跡とか言ってないでマンション建てちゃいましょうよ、なんてことになるのかもしれない。ならないでほしい。

そんなふうに考えると、いつも不思議な気分になる。

古いものは残すべし。それをずっと続けていけば、地球はいつか墓の類で埋め尽くされることになるんだよなぁ。理屈としては。

風化よりは消化を選ぶべきなのか。難しい。

また井草通りを渡り、石神井池エリアへ戻る。ここのB地区野球場やテニスコートや駐車場からは富士山が見えるという。

石神井公園通りに出て、コーヒータイム。居留珈《いるか》さんに入る。贅沢すき焼きの流れで、よそにくらべれば安いブルーマウンテンを頂く。

## 第二十回　練馬区
## 公園と生きる石神井公園

うーん。美味。

などと言っている場合ではない。肝心の物件を見るのを忘れていた。

今日はいいんじゃないすか？　という悪魔のささやきを無視し、大あわてで石神井公園通りから富士街道へ。

どうにか物件を確認。

警察署が近いので、心強い。このパターンは初めてだ。これなら空巣《あきす》氏も少しはためらってくれるはず。

その代わり、僕が何かしたらすぐに刑事さんが来ちゃうな。歩いて来れちゃうな。あとで署に交通費を請求する必要もないな。いえ、もちろん、何もしませんけども。

最後にバタバタしたが、探索は終了。

石神井公園前、とか言わず、公園名がそのまま駅名になっている町、石神井公園。たぶん、園内と周囲の散策だけで一時間は歩ける。

時として場所が人を豊かにすることもある。

公園と共生。してみたい。


（二〇二二年六月）

第二十一回　墨田区

# 未知を知る

## 鐘ヶ淵

この企画で一度は未知の場所へ行ってみようと思っていた。墨田区《すみだ》で実行することにした。

まず、路線は乗ったことがない東武伊勢崎《いせさき》線に決めた。そして、駅は名前を聞いたことがない鐘ヶ淵《かねがふち》に決めた。曳舟と東向島《ひがしむこうじま》は聞いたことがあるので、鐘ヶ淵。

鐘ヶ淵駅は墨田区墨田にあることがわかった。区名をそのままもらった地。なのに駅名を知らない。

地図を見て惹かれた。左右に太めの青がドーンと来た。もうまさに隅田川と荒川に挟まれていたのだ。足立区新田もそうだったが、こちらもそう。隅田川と荒川は寄り添うように流れ、この鐘ヶ淵から南ではやや離れて、最後は東京湾に注ぐ。

鐘ヶ淵は島とまではいかないが、それに近い。川間の一番狭いところは、見た感じ四百メートル程度。墨田区でも、錦糸町《きんしちょう》や東京スカイツリーからはいくらか距離がある。家賃も少しは安いだろう。初めましての鐘ヶ淵。決定。

SUUMOで検索。駅から徒歩五分。築六年。五・三畳。家賃五万五千円。

もしかしたら、と期待したが、家賃が五万円では収まらなかった。ただ、それは逆に言えば、極端に安くは住めない町ですよ、ということ。

東武亀戸《かめいど》線とのお初リレーで東武伊勢崎線に乗り、鐘ヶ淵で降りる。

乗っているときに思いだした。そういえば、東武伊勢崎線、群馬県まで行く旧急行りょうもうには乗ったことがあるな。

そのりょうもうも今は特急になったらしい。そうなったのが二十年以上前だと知って驚いた。乗ってからそこまでの年月が経っていたのか。

五十を過ぎると、そんなことが多い。例えば、あれ三十年やってなかったとか、これ二十年食べてなかったとか。

その群馬に行ったときに初めて、僕は自分が小説を書いていることを友だちに打ち明けた。そうか、とだけ友だちは言った。やれるよ、とは言わなかったし、無理でしょ、とも言わなかった。ありがたい。

西口を出て踏切を渡り、東へ。

駅前の看板に書かれていた、武蔵・下総《しもうさ》を結んだ古代東海道、を歩き、さっそく荒川に向かう。そこまでは五分。近い。

堤防の階段を上ると。はい、荒川。地図だけでなく、現場でも、ドーンと一気に視界が開ける。

と、そう書いたことで、プロレスラー、ドン荒川《あらかわ》のことも思いだす。

早くからコミカルで楽しいプロレスをやっていた、荒川真《まこと》さん。もう亡くなられてしまった。プロレスラーが亡くなるのはいつも悲しい。あの躍動と死がうまく結びつかないから。

それはともかく。そこはもう、僕がよく知る河川敷。何度も小説に書いた平井の辺りとも似た感じだ。それも当然。ここは平井とつながっている。何ならこのまま河川敷を歩いてでも行ける。かかっても三十分ぐらいだろう。

荒川の河川敷は気持ちがいい。この日は六月だというのに最高気温が三十五度を超える猛暑日。それでも気持ちがいい。まったく。この川が僕らにもたらしてくれるものときたら。

その河川敷の道をずっと北上。隅田水門へ。

そこがその川間四百メートルほどのくびれた部分だ。先はもう足立区。

その足立区に一瞬入り、歩道橋で東武伊勢崎線と水路を渡って墨田区に戻る。

すぐには隅田川に向かわず、住宅地を少し歩いてカネボウ公園へ。

この小さな公園、本当にその名前なのだ。そう。あのカネボウ。

かつて存在した会社カネボウは、ここ鐘ヶ淵が創業地らしい。鐘淵紡績《かねがふちぼうせき》ということでカネボウ。今、各事業は引き継がれたりしているが、会社自体はない。創業は明治二十年。百二十年以上続いたという。

カネボウはやはり化粧品のイメージが強い。だからあまりなじみはなかったが、ガキのころにはプレイガムという風船ガムをよく食べた。ほか、香水の味というか香りがするガムも食べた。さすがカネボウ、ガムまで化粧品ぽいのか、と思った覚えがある。

## 第二十一回　墨田区
## 未知を知る鐘ヶ淵

鐘淵紡績株式会社発祥の地、と書かれた石碑が立てられている。でも公園自体は、正直、ちょっと荒れている。

始まりと終わり、そのどちらもを強く感じさせる。たとえ何年であろうと、過ぎてしまえば時間は厚みをなくしてしまう。キュッと圧縮されてしまう。こんなところにも歴史は隠れている。

何故人は廃墟に惹かれるのか。それは、その圧縮された時間を一瞬で感じとれるからだ。そんなようなことを、漠然と思う。

公園を出ると、南下して、右折。駐在所の横を通って墨堤《ぼくてい》通りに出る。

駐在所。お巡りさんが住みこんでいるところ。都市部以外にある印象だが、二十三区にもあるのだ。

今度はその墨堤通りを北上。隅田川沿いの小道へ。

隅田川を右手に眺めながら今度は南下。

こちらは柵がある遊歩道のようになっているだけ。草地や芝地はない。この風景もまた東京だ。無機的なような。でも無数の無機が連なることで実は有機的でもあるような。

水神大橋《すいじんおおはし》のところで道路に上がり、すぐそばの梅若橋《うめわかばし》コミュニティ会館図書室へ。

すると、まさかのこれ。蔵書点検の為、休室。残念。

あとで調べたら。図書室なので、置かれていた僕の本は五冊。でもこうしたところで置

# 第二十一回　墨田区
## 未知を知る鐘ヶ淵

いてくれていると、それはそれでうれしい。何というか、行き渡っている感じがする。

コミュニティ会館は、東京都立東白髭《ひがししらひげ》公園のなかにある。公園やすぐそばの高層住宅やリハビリ専門病院などをあわせ、この区域一帯が江東デルタ地帯の防災拠点になっているそうだ。端から端まで歩いて十五分かかる公園。いや、デカい。

公園を出て、大正《たいしょう》通り、さらには東武伊勢崎線の高架をくぐって、いろは通りを東へ。もうこの辺りは隣駅の東向島に近い。左折して鐘ヶ淵通りに入り、鐘ヶ淵駅のほうへ向かう。墨田区墨田をざっくりひとまわりした形だ。

ここでランチ。トミーズキッチンさんに入る。

さあ、来ました、キッチン。キッチンに外れなし。というその妄信ぶりもどうなんだ、と自分でも思うが、実際に外れないのだからしかたがない。

こちら、キッチンはキッチンだが、レストラン感もある。キッチンらしく、メニューは多彩。洋だけかと思ったら、中、ラーメンの類もある。

頼んだのはこれ。迷ったときのミックスフライ。みそ汁とお新香も付いてくるライスセット。ミックス、には大きなエビも含まれていた。エビフライ。お久しぶりっす。

前回、これからは毎食、心していただきます、と思ったことを思いだし、心していただいた。心しすぎて、添えられたレモンスライスに紛れていた種までいただくところだった。

初めから疑いはしなかったが、キッチン神話は今回も継続。お店のきれいさも含め、文句のつけようがありませんでした。ごちそうさまです。

お腹も満たされての後半。

こんなときにやってしまいそうなのが、前回もあぶなかった肝心の物件訪問忘れだ。席を立ったときにどうにか思いだしたので、そのままブッケンブッケン言いながらお店を出て、中学生のころに読んだ漫画『キン肉マン』に出てきたブロッケンマンのこともついでに思いだしながらまた踏切を渡り、駅の向こうへ。

たぶん。この辺りならどこでもだいじょうぶ、と予想していたとおり、だいじょうぶ。道が細くて一戸建てが多い、穏やかな住宅地だ。やかまし要素、なし。

近くに銭湯もある。住んだら、たまには入りに行ってもいいかもしれない。

いつもはシャワーですませることが多いが、それはバスタブが狭いからでもある。両足をまっすぐ伸ばして湯に浸かるあの感じ。たまには味わいたい。あぁ〜、とか、ぬぁ〜、とか、ぐぁ〜、とか、言いたい。

今回は前半が長かったので、後半は短め。早くもコーヒータイム。

鐘ヶ淵通りを戻り、カフェ・エフォートさんに入る。

音楽には昼の音楽と夜の音楽があると僕は思っている。

今も唯一聞くセロニアス・モンクは夜。というか。僕が聞いてきたのはほとんどが夜の音楽だ。むしろそちらを選んできた。それが選ぶ基準になってさえいた。

## 第二十一回　墨田区
## 未知を知る鐘ヶ淵

カフェにも昼と夜があるなら、こちらは昼のカフェかもしれない。昼が似合うカフェ、ということだ。まったりと落ちつけそう。荒川河川敷散歩のあとにここでコーヒー。散歩のゴールデンコースとなるだろう。

と飲む前からそこまで考え、ストレートコーヒー、ブラジルサントスを頂く。

あらためて言う。

コーヒーって、おいしいですよね。

さすがに荒川がなくなることはないだろうから、そこは心配していない。でもコーヒーのほうはちょっと心配。

何？　コーヒーの二〇五〇年問題。気候変動のせいでコーヒー豆の生産に適した土地が激減するかもしれない問題、だ。

ブラジルに中南米にアフリカ。世界的にあやういという。もちろん、各企業各団体は取り組みを始めているらしいが、地球規模の話なので、簡単に、解決しました、とはいかないだろう。

三十年近く先だから、僕はもう生きていないかもしれない。生きていたとしても、八十代。コーヒーを飲みたいとは思わなくなっているかもしれない。でも話としてきつい。ジャズにも小説にも、夜にも河川敷にも合うコーヒー。気軽に飲めないようにはなってほしくない。

とついつい語ってしまったが。話を戻して、鐘ヶ淵。町自体を知らなかったのだから、当然、そこに住む自作の登場人物もいない。でもこれから出すかもしれない。出したい。

知らない町は本当にたくさんあるのだなぁ、と今回あらためて実感した。で、思った。住む町を選ぶ条件が、その町をまったく知らないこと。冒険は冒険だが。ありかもしれない。

（二〇二二年七月）

第二十二回　渋谷区

# 散歩で渋谷へ
# 代々木上原

今回は難しいぞ、と初めから思った。区全体に隙がない。ここなら少しは家賃が安いはず、という町が頭に浮かばないのだ。

渋谷区は意外と南北に長い。代々木《よよぎ》、原宿《はらじゅく》、渋谷、恵比寿《えびす》、とJR山手線の四駅を持つ。それを言ったら豊島区だって、目白、池袋、大塚、巣鴨《すがも》、駒込《こまごめ》、の五駅を持つが、実は天下の新宿駅も南の一部は渋谷区。だから路線によっては、ホームの渋谷寄りで乗るときは渋谷区の新宿駅にいる、なんてことにもなる。

さてどの町にするか。やはり初台、幡ヶ谷《はたがや》、笹塚《ささづか》、辺りになるのかもしれないが、それだと中野区編で訪ねた中野新橋と近すぎる。

ということで、ここに決める。代々木上原《うえはら》。

ＳＵＭＯでおそるおそる検索。

駅から徒歩七分。築三十八年。六・五畳。家賃六万四千円。二万円ぐらいオーバーすることも覚悟していたが、どうにか一万四千円ですんだ。

駅の北口に出る。

今日は二十二回めにして初めての雨。あと二回。逃げきれませんでした。

でもこれまで降らなかったことに感謝しなければいけませんね。

と思いつつ、言う。

いや、曇り予報のはずが、何、降っちゃってんすか。これ、野球の試合なら中断ですよ。

## 第二十二回　渋谷区
## 散歩で渋谷へ代々木上原

二十年はつかっている折りたたみ傘を差し、高架沿いに小田急線の代々木八幡《はちまん》駅や東京メトロ千代田線の代々木公園駅のほうへ戻る。

山手通りの高架をくぐり、代々木八幡駅の前を通って、まさに代々木公園へ。

この超メジャー公園。実は一度も行ったことがなかったのだ。

その西門からするりと入る。

昭和三十九年の東京オリンピック、その選手村の跡地に整備された公園。さすがにデカい。地図で見たら、渋谷区上原、と同じぐらい。東京ドーム何個分かは知らないが、とりあえず町一つを飲みこんでしまう広さがあるわけだ。

それでも、二十三区内の公園では五番めらしい。葛飾区の水元《みずもと》公園、江戸川区の葛西臨海公園、足立区の舎人公園、練馬区の光が丘公園、の次。知名度では一番かもしれない。

代々木上原駅から公園の西門までで徒歩十分強。でも公園のなかを二十分は歩いていられる。実際、歩く。遊歩道を、いつもの探索時よりはゆっくりと。

確かに広い。この隣にはさらに広い明治神宮《めいじじんぐう》まであるのだから驚いてしまう。もしもすべてが宅地なら、いったい何人が住めるのか。

僕は人込みが苦手なので、基本、初詣《はつもうで》には行かない。明治神宮には一度しか行ったことがない。行ったのはまだ小学生のころだ。

お賽銭《さいせん》の小銭が背後から飛んできて後頭部に当たり、ビビった。神にお金を投げつけたらご利益《りやく》なんてないでしょ、と思った。

以後は初詣に行ったこと自体が一度しかない。そのときは成田山新勝寺《なりたさんしんしょうじ》。人込みに圧倒され、参道にいるだけで死にそうになった。前後左右に一歩も足を踏みだせないほどの人込み。こわい。

で、代々木公園。ひと周りしてみる。

中央広場には、ドッグランやフラワーランドに噴水池。ほかにもバードサンクチュアリに各広場があちこちに。

オリーブ広場のわきにこぢんまりした古い建物があるので、昔の管理事務所か何かかと思ったら、オリンピック記念の宿舎、だった。

渋谷門展望デッキ、で代々木公園通りを渡る。

ケヤキ並木を見ながら進み、国立代々木競技場第一体育館や第二体育館やＮＨＫのわきを通って、公園を出る。

充実の散歩、終了。

でも探索そのものは終わらず、そのまま公園通りを南下。渋谷の町へ。

いや、ここは町というより街ですね。

久しぶりの渋谷。二十年ぶりとか、そんなかもしれない。公園通りからペンギン通りへ。

かつてそこに映画館シネマライズがあった。コーエン兄弟の『ビッグ・リボウスキ』を

## 第二十二回　渋谷区
### 散歩で渋谷へ代々木上原

観た記憶がある。今はライヴハウスになっているらしい。

スペイン坂を下って井の頭通りから宇田川《うだがわ》通りに入り、クラブクアトロの前を通る。

大学生のころ、僕にとって渋谷といえばタワーレコードとクラブクアトロだった。

二十歳前後の青々とした僕。

音楽に映画に小説。好きになれるものを探していた。何かを好きになろうとしていた。多くを拾いに行き、そのなかからよいものだけを選んで吸収していた。そんなつもりはなかったが、今思えば貪欲だった。自発的に、それでいて自然にそうしたことをおこなえていた。

おっさんみたいなことを言ってしまうが。というか、おっさんそのものだから言ってしまうが。やっぱすごいのだ、若いってことは。

ねぇ、お若いかたがた。あなたがたは今そこにいるだけで価値があるのですよ。いや、別にね、だから何でもできる、みたいなことを言いたいわけではないのです。人は何もできませんよ。ただね、歳をとると本当に動けなくなります。若いうちにそれを知っておいて損はないです。たぶん、実際に体の衰えを感じないと心で理解するのは難しいですが、頭で理解しておくだけでも損はないですよ。

なんてことを言いだしたら、おっさんどころかじいさんだ。自覚はあるのでご容赦を。

タワーではロックやジャズの輸入盤を買い、クアトロではライヴを観た。輸入盤は優に

CLUB QUATTRO

## 第二十二回　渋谷区
## 散歩で渋谷へ代々木上原

百枚以上買ったが、ライヴを観たのは二回。

だからどちらも覚えている。ザ・ガッド・ギャングと、ニューオーリンズのザ・ダーティ・ダズン・ブラス・バンド。

ザ・ガッド・ギャングは、江戸川区編で曲名を出した『ウォッチング・ザ・リヴァー・フロー』もやってくれた。何故か僕は、リーダーのドラマー、スティーヴ・ガッドと握手までした。

ザ・ダーティ・ダズン・ブラス・バンドのときは、大柄な黒人メンバーが自ら、はい、いらっしゃ〜い、ほら、買って買って、という感じにアルバムを手売りしていた。僕はすでに持っていたので買わなかったが、ちょっと笑った。

懐かしい。よく行ってたタワーの店は移転してしまったようだが、クアトロはまだあるのだな。

オーチャードロードから井の頭通りに出て、再び代々木上原駅へ。

今度は南口側。そこでランチ。駅前のふうらい坊《ぼう》さんに入る。

こちらは洋食屋さん。でもセットや定食にはみそ汁が付いてくるというられしいお店だ。いつものように、突発性あれこれ全部食いたい病、に見舞われる。じいさんに近いおっさんなのに。

フレンチ、や、イタリアン、ならともかく、洋食、という言葉はいい。その言葉をつかった時点でもうそれは和食ですよ。

今日はチーズハンバーグにそそられたので、スペシャルコンビ、を頂く。チーズハンバーグにポークしょうが焼きに、前回に続いてのエビフライ。偽りなし。スペシャル。エビはしっぽまで食した。うーむ。エビでエビ味が一番強いのは結局しっぽですね。というこれはあくまでも僕の個人的な見解。

おいしかった。ごちそうさまです。

後半は、まず、物件確認。

駅から歩いて七分だが、道がなかなかに複雑。カクカクちょこちょこ曲がる。

地図を見たら、少し先に東海《とうかい》大学の代々木キャンパスがあって驚いた。

東海大学がここにあるのは知らなかった。観光学部がつかうキャンパスらしい。そのわきの通りがちゃんと東海大学通りとなっていた。

考えてみたら、近くにはドーンと東大の駒場キャンパスもあるのだ。そこはもう目黒区だが。

大学が多かった千代田区編の神保町辺りとちがい、こちらは住宅地。一戸建てもあるが、アパートやマンションも多い。特に渋谷区感もなく、静か。

来たのとはまたちがう道を通って、駅の近くの公園へ。

大のあとは小。こぢんまりした渋谷区立上原公園だ。ブランコやすべり台やジャングルジムがあるごく普通の公園。そこでさっきとはちがう感じにリラックス。

ジャングルジムは、僕がガキのころにくらべると少なくなったような気がする。ほかの遊具にくらべると危険度が高いからだろうか。

あれをスルスルと上り下りする器用な子はいた。そんな子とそこで鬼ごっこをすると、僕は永遠に鬼だった。

ああいう身のこなしは、やはり天性のものだと思う。ジャングルジムでモタモタしていた自分でも鍛えれば体操競技をやれるようになったとは、とても思えない。

才能がない。そんな現実も時には受け入れなければならない。というか。世の中には、自分に才能がないことのほうが断然多いのだ。

例えば今、トップレベルでピッチャーもバッターもやれる人は世界に一人しかいない。それ以外の全員が、自分はやれないという事実を受け入れるしかない。そんなふうに、人は日々多くのことを受け入れつづけなければならない。

その代わり。自分にやれることはやっていきましょう。ましてやそれがやりたいことであるなら、本気でやっていきましょう。

と、またしてもじいさんになったところで駅前に戻り、コーヒータイム。茶望留《さぼーる》さんに入る。

これまた駅前。真ん前。緑に白字で書かれた、珈琲専門店、の文字がうれしい。

当然置かれていたストレートコーヒー。次回の最終回を前に原点に戻り、一番好きなマンデリンを頂く。

この辺りに自作の登場人物は住んでいない。が、『今夜』の直井蓮児と笠間玄吾《かさまげんご》と山森映春行《やまもりえいはるゆき》が渋谷の街を駆け抜けはする。渋谷区ということなら、『みつばの郵便屋さん』シリーズの春行がタワーマンションに住んでいる。

代々木上原。代々木公園にも渋谷にも歩いていけるおもしろい町だ。ちょっと散歩で渋谷まで。そんなことを言ってみたい。

東京メトロ千代田線も通っているので、日比谷までも一本で行ける。すなわち僕が好きな銀座も近い。銀座にも行けて、二十三区西部のあちこちにも行ける。

現実的に考えて。かなりいい。

（二〇二二年八月）

第二十三回　中央区

# 銀座の風吹く

# 月島

足かけ三年にわたる近場での長旅も、おかげさまでいよいよ最終回。銀座に近づいて参りました。

今回は、そのもの銀座がある中央区。

といっても、タイトルで思いっきり、銀座に住むのはまだ早い、と言ってしまっているので、銀座ではありません。

ならどこか。ここ。月島《つきしま》。

最後は中央区にしようと決めていた。

第一回の千代田区もそうだが、中央区も、住む場所感、は強くない。だからこそ住んでみたいと昔から思ってきた。適度に乾いたそこの空気が好きなのだ。極端なことを言ってしまえば、中央区ならどこでもいい。新富町《しんとみちょう》でも茅場町《かやばちょう》でも。人形町《にんぎょうちょう》でも浜町《はまちょう》でも。

そのなかで、あぁ、月島があるわ、と思い、すんなり決定。

これで最後かぁ、と感傷に浸りつつ、いやいや、検索ぐらいはこれからもするでしょ、とすぐに浸り終えつつ、ＳＵＭＯで検索。

まあね、初めからわかってはいますよ。家賃五万円では無理。そこで五千円ずつ上げていき、七万五千円のところでようやくヒット。

駅から徒歩三分。築五十五年。八・六畳。家賃七万五千円。二万五千円オーバーだが、もうしかたない。中央区だし最終回だしで、ちょっと贅沢。

## 第二十三回　中央区
## 銀座の風吹く月島

ちなみに。月島、ではなく、中央区、で検索しても家賃五万円で条件に合うものはありませんでした。この企画で勝手に特別区と指定した千代田区と港区と中央区はやはり甘くないようです。

月島はその名のとおり、島。となれば、そこは当然、町の島好きとしてひとまわりせざるを得ない。ただし、月島限定。地つづきの佃《つくだ》のほうへは行かない。まずはそんなプランを立てた。

月島では二つの再開発事業が進められている。月島三丁目北地区第一種市街地再開発事業と月島三丁目南地区第一種市街地再開発事業。ともに建物などは二〇二六年竣工《しゅんこう》の予定らしい。これまでも変わってきたが、これからもなお変わる町なのだ。

ここは銀座同様、区画整理がなされ、まっすぐな道が整然と並んでいる。だから銀座を歩くとき同様、これ。通りをかえて行ったり来たり作戦、を敢行する。前半は一丁目と三丁目、後半は二丁目と四丁目、だ。

スタート地点は一丁目。隅田川の縁。そこに立つだけでもう、これはいいな、と思う。ゴー！

遊歩道を三丁目方面へ歩く。川の流れと同じ向きに。

隅田川は、この中央区の辺りが好きだ。何というか、町となじんでいる感じがする。溶けこんでいる、のではない。なじんでいる。言い換えれば、共存している。

階段を上り、わたし児童遊園の代替《だいたい》公園へ。

行くつもりでいたわたし児童遊園は、まさに再開発に伴い、閉鎖されてしまったのだ。もとの場所にできる建物の二階でまた公園として整備される予定ではあるらしいが、前のあの素朴な感じはなくなってしまうかもしれない。

わたしは、私、でなく、渡し。月島と現在の築地《つきじ》を結ぶ月島の渡しがそこから出ていたという。今は佃大橋《つくだおおはし》と勝鬨橋《かちどきばし》があるが、なかったらと考えると大変。この幅の川はさすがに渡れない。ここにも歴史ありだ。

西河岸通りを一丁目のほうへ戻る。そんなふうに、通りを一本ずつずらしていき、町を、というか島を隈なく歩く。

行って戻っての西仲《にしなか》通り。月島もんじゃストリートとして有名な通りだ。通りを挟んで左右にもんじゃ屋さん。何度見てもすごい。ここで一日に何人がもんじゃ焼きを食べるのか。一年では何人が食べるのか。

途中途中で路地にも入ってみる。まさに路地。もちろん、車は入れない。自転車が精一杯。

築何十年にもなるであろう一戸建てにアパートがいくつか交ざる。建物はどれも低いが、道が狭いから、空も狭い。そのただでさえ狭い空を電線が縦横断している。

でもこうなると逆に気持ちいい。潔さを感じる。うるせえな、ここは東京だぞ、と言わ

## 第二十三回　中央区
## 銀座の風吹く月島

れた気になる。初めからこういう場所なのだから文句は言わない。というか、文句などない。この時点で言ってしまうが。住みたいです。

言いながら、でも買物はどうすれば？　と思ったらその瞬間、ダイエー月島店、が目に飛びこんでくる。この西仲通りにあるのだ。しかも二十四時間営業だという。素晴らしい。

次いで、物件をチェック。

月島で交通量が多いのは、月島と佃を分ける新富晴海線《しんとみはるみ》と、月島一丁目三丁目と二丁目四丁目を分ける清澄《きよすみ》通りぐらいだから、まったくもって余裕。静か。問題なし。

その後、また通りを一本ずらして三丁目のほうへ戻ってから、清澄通りに出る。前半はこれで終了。ランチ。

さあ、もんじゃ、といきたいところだが。ここで一考。

たぶん、いざこの町に住んだら、もんじゃをそんなには食べない。今住まれているかたがたもそうだろう。名より実。探索を優先。

ということで、めし屋さんに入る。そういう名前のお店だ。干物などの魚をメインとした定食屋さん。夜は定食も出す居酒屋さんになるらしい。

魚を食べられるのはありがたい。恒例の、あれ食いたいこれも食いたい、を経て、注文。本日のおまかせ定食のA、寒《かん》サバ、を頂いた。

いやぁ。いいですね。魚。肉とちがうこの食感は何なのでしょう。お魚くわえたドラ猫を、サザエさんは追っかけないでほしいものです。そりゃドラ猫もくわえますよ。だって、おいしいですもん。

今日はたまたまなのかもしれないが、みそ汁が赤みそというのもいい。不意に出くわしたときの赤みそ。これがまたいい仕事をするのだ。赤みそに、出合ったときの、喜びよ。七五調。

ごちそうさまでした。住んだらまた来ます。

さて。後半は、二丁目と四丁目。

清澄通りを渡ってすぐのところにある中央区立月島図書館へ。

僕の本は、アンソロジーものを含め、二十冊以上置いてくれていた。単行本のところに並べられていたのは十二冊。あとは借りられていたということなのか。

これは本当にどの町でもどの図書館でもそうなのだが、この島にも自分の本があると思うとうれしい。月島のかたがたに、たまには読んでほしい。おすすめは何？　全部です。

こちら二丁目四丁目ゾーンでも、行って戻ってをくり返す。

西仲通りと対をなす東仲《ひがしなか》通り。もんじゃ屋さんはないが、路地はある。

結構広い中央区立月島第一児童公園もある。

そこには、何と、キャッチボール場が備えられている。左右どころか、上にも緑のネットが張られているのだ。内側にはバスケットゴールもある。

## 第二十三回　中央区
## 銀座の風吹く月島

キャッチボール。今はここまで整えられた場所でないとさせてもらえないらしい。まあ、そうだよな、と理解はしつつ、もの悲しさも覚える。暴投はしないよう常に気をつけるから技術は進歩するのに。だから相手の胸を目がけて投げるようになるのに。

東仲通りから、西河岸通りと対をなす東河岸通りへ。

その向こうは朝潮《あさしお》運河だ。

そこにかかる晴月橋に立つ。せいげつはし。晴海と月島をつなぐからその名になったらしい。

釣り人の皆さんへ、で始まる注意書きが欄干に張られている。

ここで釣りをする人がいるのか、とちょっと和《なご》む。この橋はいい。高いビルを眺められ、水も感じられる。釣りはしないまでも、立ち止まりたくなる。実際、立ち止まって水面を眺めるおじさんもいる。わかりますよ、とうなずいてしまう。

運河に高いビル。東京だなぁ、とあらためて思う。でも時を経てこうなったのだよなぁ、とも。

かつて僕は、歴史などどうでもいいと思っていた。大事なのは現在であって、歴史など関係ない、と。

今はこう思っている。大事なのは現在。そこは変わらない。昔はこうだった、を重視しすぎてはいけない。ただ、それとは別に。歴史はなくならない。歴史自体をというよりは、その歴史はなくならないこと自体を、人は知っておかなきゃいけない。

何だろう。僕も歳をとったのか。

とったのだ。現に、この企画を始めたときから二つも歳をとっている。五十を過ぎているから大して変わった感じはないが、考えてみれば二歳はデカい。小六なら中二、中二なら高一になっているのだ。そりゃ変化もあるだろう。

そこから二丁目の端まで行き、清澄通りを渡る。三丁目に戻って、コーヒータイム。

この企画で最後に入るお店が、奇しくも自作『ライフ』と同じ名前のライフさん。これも縁。

いらっしゃいませ、のあとに、こんにちは、とも店員さんが言ってくださったので、こんにちは、と返す。すんなり返せたことが何故かうれしい。

近くにお住まいのかたがよく利用されるのであろうこのお店で最後のコーヒーを頂く。壁のメニュー表に、ホットコーヒー、と書かれているのがかわいらしい。

そのホットコーヒーを飲みながら、魚もおいしいけどコーヒーもおいしいよなぁ、と思う。毎回ストレートコーヒーがどうのと言ってきた自分がちょっと恥ずかしくなる。

温かいコーヒーのことはホットコーヒーと言えばいいじゃないの。そのお店が出してくれるブレンドの味を楽しめばいいじゃないの。そんな気もする。と言いつつ、やはりストレートコーヒーも楽しんでいきますけど。

Coffee
ライフ
ライフ
ライフ

月島には、『その愛の程度』の大場銀市《おおばぎんいち》が住んでいる。銀座にある架空の店、喫茶『銀』のマスターだ。

あと、『ひと』の野村杏奈《のむらあんな》がハンバーガー店でアルバイトをしていた。

さらには、『太郎とさくら』の丸山太郎《まるやまたろう》が入っている、というか無理やり入れられた会社の草野球チームホワイトペッパーズが試合後の打ち上げをもんじゃストリートの居酒屋でやる。

そんなわけで、月島の名は何度も作品に出している。

そして今、僕は月島の小説を書くことを考えている。

一夜の出来事で、舞台そのものが月島。主人公はその一夜、月島から一歩も出ない。そんな話だ。実現するかはわからないが、させるつもりではいる。乞うご期待。

もうすでに言ってしまったが。

月島には住んでみたい。住んで中央区をウロウロしたい。

そう。自宅から銀座まで歩きたい。自宅で銀座からの風に吹かれたい。


（二〇二二年九月）

# おわりに

で、まあ、こんな本になりました。簡単に言うと、有意義な情報は何一つ得られない本、です。いやぁ。申し訳ないです。得られません。僕自身が楽しかった。それに尽きます。

町の取材と書くのとで月に二日とられるのは痛いなぁ、と初めは思っていましたが、数回で二日はいい息抜きへと変わり、その後は、毎月の欠かせぬお楽しみ、になりました。ほとんど遠足みたいなものです。

コロナに気をつけつつ、どうにか終えることができました。長丁場の二十三回、終わる日は来るのか？　とこれまた初めは思いましたが、案外簡単に来てしまいました。時は、経ちますね。

二〇二〇年の十一月から毎月一区。ず〜っと雨には降られませんでした。

取材日の天気予報はたいてい傘マーク。当日の朝にそう変わっていることもありました。なのに、降られないのです。町に着いて地下鉄の出入口から出たら止んでいたり。降られてもランチタイムでお店にいるあいだだけだったり。

調子に乗って、まさか一度も降られないとか？　と思いだしたら二十二回めで降られました。ザーザーやられました。そんなものです。

毎回正午スタートで、一時間半ほど歩いてランチをとり、また一時間ほど歩いてカフェでコーヒーを飲む。そんな取材でした。一つ一つの町、どれも覚えています。

東京二十三区すべてをまわった結果。

住みたくないと感じた町は一つもありませんでした。当然といえば当然です。初めから僕自身が住みたそうな町を選んでいますので。ただ、行ってみたら悪いほうへ印象が変わった、ということもありませんでした。

二十三区でも、探せば安い物件はあることがわかりました。が、安いものには安くなる理由があります。質がまったく同じでこれだけが飛び抜けて安い、はないのです。

結局は何を優先するか。自分の目で物件を見るためにも、そして町の空気を体感するためにも、現地に行ってみることをおすすめします。

と、誰もがすでに知っていることを、偉そうに言ってみました。

僕が本当に住みたいのは銀座です。本のタイトルにもあるとおり、僕なんぞが銀座に住むのはまだ早いです。いや、この先も住めないでしょ、と、正直、思ってもいます。

その代わりにというわけでもないですが。銀座で生まれ育った男の話を書くつもりでいます。月島も書き、銀座も書きます。

銀座に住むのはまだ早い。でも銀座を書くには遅くない。ということで。

僕は小説家なので、自ら提案し、おまけの短編小説を付けることにしました。

ちなみに僕は横尾成吾ではありませんし、取材に同行してくださった編集者さんも沢俊《さわしゅん》馬《ま》ではありません。でもこんなふうにこの企画が始まってたらおもしろいな、と想像して書きました。

これを読んで第一回の千代田区編に戻っていただけたらうれしいです。

小説　十一月二日、正午にＡ２出口

「沢《さわ》っち、ほら、飲んで飲んで」

藤橋《ふじはし》先生にそう言われ、飲む。

「あぁ。これもおいしいです」

「でしょ？　この店で出てくるワインは何でもおいしいのよ。わたしの好みに合わせてセレクトしてくれてるから」

「そうなんですか？」

「そう。と、オーナーは言ってくれてる。もちろん、冗談で」

「先生はワインがお好きですけど。ソムリエの資格をとったりはしないんですか？」

「しない。わたしはお客として飲むだけで充分。生涯一お客、でいたいわね。高いワインか安いワインかはわかるっていうくらいでいい」

「僕はそれもわからないですよ」

「わたしも似たようなもんよ。わかるつもりになってるだけ。ここで安いワインを出されても気づける自信はない。ポリフェノールがどうとかタンニンがどうとか、そんなことは知らない。実際、わたし、タンニンはポリフェノールの一種だっていうのも最近知ったくらいだし」

「タンニンて、お茶にも入ってますよね。いや、あれはカテキンか」

「カテキンはタンニンよ」

「え？」

「カテキンとタンニンは同じなの。ポリフェノールのなかにタンニンがあって、さらにそのなかにカテキンがある、みたいな感じ」

「へぇ。そうなんですね。知らなかったです」

「知らなくていいのよ。知らなくてもワインの味は楽しめるんだから。知りたくなったら知ればいい。だから、ほら、楽しんで楽しんで。飲んで飲んで」

藤橋先生はいつもこんな具合だ。僕に自分と同じワインを飲ませたがる。同じものを同じ量飲ませたがる。ワインのことは何も知らないから、僕もおとなしくしたがう。むしろ面倒がなくていいと思っている。で、出てくるものは確かに全部おいしい。

もう三杯め。のんきにお酒を飲んでいるが。この飲み、一応、打ち合わせだ。

銀座のワインバー。日曜日でもやっている店。藤橋先生と僕がカウンター席に並んで座るのも何なので、二人掛けのテーブル席に向かい合って座っている。それもまた何だが。

いつものように、今日もいきなりだった。

日曜なので、僕は文京区の自宅マンションにいた。午後三時すぎにＬＩＮＥのメッ

セージが来た。普通、仕事のやりとりはメールでするが、藤橋先生とはＬＩＮＥでもするのだ。

〈沢っち、そろそろ打ち合わせしよう〉

そろそろといっても、前回の打ち合わせからはまだ一ヵ月しか経っていない。

〈いつにしましょう？〉

そう返したら、すぐにこう来た。

〈休みだろうけど、今日は？〉

〈休みなのはかまいませんが、明日大事な取材があるのでちょっと〉

そう返したら、今度はこう来た。

〈明日なら、今夜はだいじょうぶでしょ〉

そんなわけで、今ここにいる。

藤橋先生はいつもそうなのだ。飲みたくなると、声をかけてくる。打ち合わせることがないのに打ち合わせたがる。その代わり、そんなときは支払いをこちら持ちにせず、おごってくれるのだが。

藤橋絵令奈《えれな》先生。これ、本名ではない。本名は、鬼形周江。きがたちかえ、だ。周江は多くの人が読めないし、鬼形は字面も音も強すぎるというので、ペンネームを付

けた。それが藤橋絵令奈だ。若そうな感じがする。名前だけだと、多少グラビアアイドル感もある。

でも藤橋先生、実はもう四十九歳だ。きれいはきれい。四十代前半ぐらいには見える。さらに遡り、三十代後半ぐらいに見えますよ、と僕が言ったら、沢っちと同世代には見えないか、と残念がっていた。僕は三十一歳だから、さすがに同世代には見えない。歳の離れた姉、でも苦しい。せいぜい、若い義母、の感じだ。

藤橋先生はエッセイスト。そもそもはフリーライターだったが、今は自分の本を出せるようになっている。生活感に満ちた軽やかな文章。それが藤橋先生の売りだ。適度に自虐を混ぜる。でもやり過ぎない。その按配が絶妙。

ウチからもエッセイ集を二冊出している。声をかけたのは僕だ。他社さんでのウェブ連載を見て、執筆をお願いした。

ウチというのは、梢《こずえ》書房。小さな出版社だ。出すのは主に歴史の専門書や実用書、あとはノンフィクション。でもたまにはくだけたエッセイも出す。そのくだけたエッセイ要員が、藤橋先生なのだ。

入社四年めのとき、僕は須崎《すざき》保《たもつ》編集長に言われた。

沢くん。何か、こう、やわらかそうなエッセイを書ける人を探してきて。ターゲッ

トは三十代四十代の女性でいいんだけど、二十代の沢くんが見て、同世代でも読める感じの人。

それで探し当てたのが、藤橋先生だ。

著者さんの選定から刊行まですべてを一人でおこなったという意味では、実質、編集者としての僕の初仕事になった。入社四年めだから、当時は二十六歳。藤橋先生とはもう五年の付き合いになる。

最近の僕はノンフィクションを手がけることが多い。これはたまたまだが、直近出した四冊はどれもそう。著者さんの職業も多岐にわたる。金崎拓郎《かなざきたくろう》さんは歴史学者で、谷山恭之輔《たにやまきょうのすけ》さんは楽器製作者。岡島富枝《おかじまとみえ》さんは看護師で、野木峰乃《のぎみねの》さんは塾講師だ。

そして藤橋先生の担当もしている。三冊めのエッセイ集を出すことになってもいる。だから、まあ、それを決めるための打ち合わせではあるのだ。今のこの飲みも。

藤橋先生がウチから出した二冊め、つまり前作はこれ。『もう迷わない、ふりをする』。四十代後半の藤橋先生が日々の生活のなかで感じたことを綴ったものだ。

歳を重ねてきた今はもう二十代三十代のころのようにあれこれ迷わない。というつもりではいるのだが、結局は迷ってしまう。ランチをオムライスにするかガパオライスにするかでさえ迷ってしまう。四十代、まだまだ揺れとりますよ。と、そんな内容。

藤橋先生が想定していたタイトルは、『もう迷わない、こともない』。ふりをする、は僕が提案した。する、という動詞が入っていたほうが具体的にイメージしやすいような気がしたのだ。まさに動きも感じられる。

なかにはこうした提案を拒む著者さんもいる。藤橋先生も初めは、こともないのほうがよくない？　と言っていた。でも何日かして、ふりをするにしよう、と自分から言ってくれた。よく考えてそのほうがいいと結論したのだそうだ。藤橋先生にはそんな柔軟さもある。

『もう迷わない、ふりをする』はそこそこ売れてくれた。特に藤橋先生と同じ四十代の女性からは多くの支持を得た。だから、じゃあ、次も、という話になったのだ。

どちらかといえば硬めの出版社であるウチからエッセイ集を複数出しているのは、藤橋先生と越後《えちご》苺《いちご》先生の二人だけ。

越後先生は漫画家。須崎編集長が自らダメもとでエッセイの執筆をお願いしたら何故か受けてくれ、これまでに二冊を出した。本業の漫画ほどは売れていないが、ウチとして満足できるぐらいは売れている。

この越後先生も女性。僕より一つ下の三十歳だ。越後苺、は半分だけペンネーム。本名は、越後夢子《ゆめこ》。越後をつかうなら夢子もそのままでよさそうなものだが、組み合わ

せると音の響きがいいので下は苺にしたらしい。特に苺好きというわけではないそうだ。

この越後苺先生と藤橋先生が、ウチのくだけたエッセイ部門を支えてくれている。硬いだけの出版社にはしたくないから、藤橋先生の次作も外したくない。いい結果を出したい。

だからこの飲みも重要。本当に重要。と、自身に都合のよい理屈をつけてワインを飲む。今日は日曜で休み、との思いも微かにはあるので、藤橋先生に勧められるまま、ついつい飲んでしまう。カプレーゼもカルパッチョもアクアパッツァも鴨肉のロースも、藤橋先生より多く食べてしまう。

学生時代、僕はハイボールやサワーしか飲まなかったのだが、藤橋先生と知り合ってからワインも飲むようになった。口当たりがいいからクイクイいってしまうが、アルコール度数はそこそこ高いので、いつの間にか酔ったりする。トイレに立ったときにいきなりふらついてあせったりもする。

でも今日はそうなれない。藤橋先生にも言ったように、明日は大事な取材があるのだ。

著者さんに同行して人の話を聞くだけの取材なら、動く必要はない。僕もメモをと

ったりしなければならないが、イスに座ってはいられる。

明日はそうはいかない。二時間かもしくはそれ以上、歩かなければならないのだ。二十三回にも及ぶエッセイ連載の第一回。そのための取材。大事としか言えない。何故二十三回なのか。東京二十三区の一区一区をすべてまわるからだ。

一ヵ月一区で毎月の連載。今月下旬に始まり、再来年の九月に終わる。足かけ三年の企画だ。出だしからつまずくわけにはいかない。いいスタートを切らなければならない。

前々から、町を書く企画をやりたかった。著者さんに町を歩いてもらい、エッセイを書いてもらうのだ。その町の歴史がどうのといった堅苦しい感じでではなく、くだけた感じで。

ならそれもウチのくだけ先生にお願いしたいところだが。

くだけてはいながらセレブ感も強い藤橋先生には無理。四十九歳の今もハイヒールが好き。スニーカーも持ってはいるが、ナイキやアディダスではなく、グッチ。底を一ミリも減らしたくないのよ。スニーカーって底が減ると一気におしゃれじゃなくなるから。そうのたまう藤橋先生には絶対無理。町歩きなのに、沢っちタクシーに乗っちゃおうよ、バレなきゃだいじょうぶでしょ、なんてことを言いだしかねない。

なら誰にお願いしようかと考えていたときに、小説家横尾《よこお》成吾《せいご》さんのエッセイを読んだ。

タイトルは、「銀座野良坊主《のらぼうず》」。昔から好きだという銀座の街について横尾さんが書いたものだ。やはりウェブに掲載されていた。

これはいい、と思った。人気作家さんだと、取材に時間をとられる企画は難しいはずだが、失礼な話、この横尾さんなら町四つぐらいは行ってもらえるかもしれない。

軽い気持ちで声をかけたら、横尾さんは簡単に乗ってくれた。おもしろそうだね。町四つと言わず、十でも二十でもいいよ。そう言ってくれた。

ではどうしましょう、となり、話は一気にふくらんだ。本当に町四つと言わず。十でも二十でもなく。二十超。東京二十三区、全部行くことになった。

聞けば、横尾さんは齢五十にしてワンルーム住まい。「銀座野良坊主」にも書いていたとおり、銀座に住みたいと思っているが、さすがに住めはしない。せめて都内に住みたいが、どこも家賃は高い。

だから五万円とかで住めるアパートを探すっていうのは？　と横尾さんが言い、探してその町を歩きましょう、二十三区を制覇しましょう、と僕が言って、そう決まった。

そのエッセイをどこかで連載し、最後に単行本としてウチから出す。それが僕のプランだった。一回三千字程度で、二十三区分。そこに現地の写真なども加えれば、充分、一冊の本になる。

連載を持ちかけたのは、旧知の間柄でもある住宅情報会社の仲宇佐英也《なかうさひでや》さん。前に、僕が担当した著者さんの単発のエッセイを載せてくれた人だ。

二十三回が無理なら十回ぐらいでも、というつもりで話したが、横尾さん同様、仲宇佐さんも、おもしろそうですね、と簡単に乗ってくれた。

難しかったのは、むしろ社内。梢書房内。それはウチがやること？　と言う須崎編集長を説得するのが大変だった。でも横尾さんの小説を二冊読んでもらい、町を書くこの人ならぴったりですよ、と何度も言って、どうにか許可をもらった。

行く区の順番。区のなかで行く町。そこに住むと想定するアパートの物件。歩くコース。それらはすべて横尾さんに決めてもらった。

第一回は千代田区。神保町だ。明日正午に地下鉄の駅の出口で待ち合わせをしている。

銀座野良坊主、は横尾さん自身のことだ。

横尾さん。別に野良感はないが、坊主感はある。そのもの坊主頭なのだ。いつも一

ミリの丸刈りにしている。服装もいつも同じ。実際、何枚かの同じグレーのTシャツを着まわしているという。だから汚いわけじゃないからね。ちゃんと洗ってはいるからね。と、謎の言い訳をしていた。

そんな感じだからか、横尾さんのことは横尾さんと言ってしまう。藤橋先生は先生だが、横尾さんはさん。自然とそうなってしまう。差別してるわけじゃないからね。と僕は自分に言い訳をしている。

ということで、明日は横尾さんとの大事な取材。なのに今夜は、藤橋先生との飲み。じゃなくて、打ち合わせ。

藤橋先生はいつものようにペースが速い。同じものを同じ量飲ませたがるわけだから、当然、僕のペースも速い。よくないぞ、と思いつつ、飲んでしまう。

念のために言っておくと。自分でペースを落とすこともできるのだ。藤橋先生はいつも明るく酔うだけ。わたしが勧めるお酒が飲めないの？　などと絡んできたりはしない。藤橋先生に合わせるほうを、僕が自分の意思で選んでいるだけ。

大変は大変だが、決していやではないのだ。結構楽しんでいる。歳下の前で明るく羽目を外す歳上女性の姿なんて、そうは見られないから。

今も四杯めのワインを飲みながら、藤橋先生は言う。

「沢っち、ヤバいよぉ。再来月の誕生日が来たら、わたし、ついに五十」

「もう来月じゃないですか？　今日は十一月一日だから」

「あ、そうか。うわぁ、激ヤバ。沢っち、何、一ヵ月短くしちゃってんのよ。まだ二ヵ月あると思ってたのに」

「いや、僕が短くしたわけじゃないですよ」

「って、その前にまず、何でわたしの誕生日を知ってんの？」

「それは、担当ですから。著者紹介欄に載せたりしますし。先生は年齢を公表されていらっしゃるので」

「そうなのよね。しちゃってんのよ。初めて本が出たのは三十代のときだったから、まあ、いいか、と思って、しちゃったの。しなきゃよかった」

「でも、してるから、先生は同世代のかたたちの共感を得られてるんですよ」

「うーん。できれば非公表で得たかった。にしても、よく覚えてたね、誕生日」

「去年も聞きましたし。わたし来月で四十九って」

「何だ。毎年言ってんのか」と藤橋先生は笑う。「で、そう、とにかく五十なのよ。迫っちゃってんのよ。五十はヤバいでしょ。三十のときはびっくりして、四十のときはがっくりきて。五十だとどうなるんだろ」

「案外あっさりいくんじゃないですか？」

「もうあがいても無駄ってことで？」

「そうは言いませんけど」

「五十。なっちゃうんだねぇ。ならない自信あったのに」

「あったんですか？」

「あった。ティーンのころなんてさ、三十にならない自信もあったよ。二十歳にはなるだろうけど三十にはならないだろうって」

「それは、ちょっとわかります」

「ティーンとか古っ！　って、今思った？」

「思ってませんよ。ティーンは、普通に言いますし」

「ならよし」そして藤橋先生は言う。「あぁ。そのティーンのころに戻りたいわよ。今の気持ちのまま、体だけ戻りたい」

「気持ちは戻らなくていいんですか？」

「うん。気持ちも戻ったらまたバカなことをしちゃいそうだから、体だけでオーケー。それが無理ならお肌だけでもいい。曲がり角を曲がりまくる前のすべすべお肌ね。すべすべなのに瑞々しいっていう。沢っちにも見せてあげたいよ。すべすべお肌のころ

のわたし。ほんとにきれいだったんだから」

「先生は今もおきれいですよ」

「お、来た。喜ばせ発言。でも、今もっていうのは引っかかる」

「いや、今もは引っかからないでくださいよ。今もどうにか、とかならちょっとあれですけど」

「今もどうにか、でもないのね？」

「ないです」

「ならよし。で、何にしても、五十かぁ。五十の女はきついわ」

「きつくないですよ」

「わたし自身がきつい。結婚でもしとけばよかったかな。一度も結婚してない五十女よりは離婚してる五十女のほうがまだいいような気がする」

「そうですか？」

「そうでしょ。わたしもね、結婚しそうになったことはあるのよ」

「初耳です」

「そんなこと、編集者さんにベラベラ言わないでしょ」

「まあ、そう、ですよね」

「いや、あんたはベラベラ言うでしょって、今思ったでしょ」

「思ってませんよ」

「ならよし」

ならよし、三回め。ならよしが五分で三回出るようなら、藤橋先生は酔っている。それがいい目安になるのだ。

「最近はさ、もう、迷わないふりをするのもしんどいわよ。二十代三十代にくらべれば確かに迷わなくはなってるんだけど。迷ったときに迷わないふりをするのもしんどくなってきた」

「意外です。そうなんですね」

「そう見えない？」

「はい。先生は、ひたすら前向きというか、いつも楽しそうに見えるので」

「そりゃ、テレビに出るときとか講演するときとかはそう見せるけどね」

「こう言ってる今もそう見えますよ」

「まあ、飲むのは楽しいからね。沢っちと飲むのも楽しいし」

「うれしいです。ありがとうございます」

「せっかくの日曜をつぶしちゃってごめんね」

「いえ、だいじょうぶです。予定は何もなかったですし」

「デートは？」

「ないです。カノジョは今日も仕事なんで」

「そっか。土日休みじゃないんだもんね。って、それを知ってたからわたしも声をかけたんだけど。こうやってさ、日曜の夜に銀座で飲むの、好きなのよ。人がいない銀座ね」

「コロナで、さらにいないですもんね」

「そうそう。よく店を開けてくれてるわよ。だからたくさん飲んであげなきゃ。わたし自身、もう、飲みたいっていう欲ぐらいしかないし」

「いや、そんな」

「ほんとにさ、最近は、欲もなくなってきてんのよ。あれほしいこれほしい、あれしたいこれしたい、と思わなくなってきた」

「そういうものなんですね」

「といっても、グッチのバッグをあげるって言われたら大喜びでもらうけどね」

「もらうんですか」

「そりゃ、もらうでしょ」

「欲、あるじゃないですか」

「くれるならもらうだけ。自分からちょうだいとは言わない。ただ、もらったらうれしいことはうれしい。と、そんな感じかな」

グッチのバッグはあげられないが。編集者として、藤橋先生の十二月の誕生日に何かこぢんまりしたプレゼントぐらいはあげてもいいかもしれない。

と初めてそんなことを思っていたら。

ワインを一口飲んで、藤橋先生が言う。

「あ、ねぇ、沢っち」

「はい」

「迷わない、の次は、欲はない、でどう？」

「え？」

「もう迷わない、の続編みたいな感じで、もう欲はない」

「あぁ。なるほど。いいかもしれないですね。いや。いいですよ」

と、こういうところなのだ。この手の飲みが侮れないのは。そして藤橋先生が侮れないのは。

エッセイに限らない。小説でもそうだろう。こんなふうに雑談をしているなかから

アイデアが生まれることもあるのだ。逆に、新作の打ち合わせをしましょう、どうするかを今日決めてしまいましょう、ではダメ。縛られずにリラックスしているときにこそ、いいアイデアは生まれる。

それは横尾さんも言っていた。何も考えないで外を歩いてるときとかシャワーを浴びてるときとかに、何かがぽんと出てきたりするよ、と。

「『もう欲もない、ふりをする』にする?」と藤橋先生が言い、

「『もう欲はない、ふりもする』でどうですか?」と僕が言う。

大して変わらないでしょ、と思ってはいけない。助詞を甘く見てはいけない。それ一つで言葉は変わるのだ。意味合いも変わるし、印象も変わる。

藤橋先生はグラスに残っていたワインを飲んで、言う。

「『もう欲はない、ふりもする』。うん。確かに、も、はそっちに来たほうがいいね。ふりもする、になったほうが続編としておしゃれ。いい。それでいこう」

「前作にはなかった新しい切り口も何かほしいですね」

「そうだね。考えるよ。というか、沢っちも考えて」

「はい」

「よし。ブレストといこう。ブレインストーミング。適当に思いついたことを言い合

おう」

と、そこで、パンツのポケットに入れておいたスマホがブルブル震える。

「ん？」と言うのは僕ではなく、藤橋先生。

店は静かなので、ブルブル音が聞こえてしまったらしい。

だからスマホを取りだし、画面を見る。

〈穂波《ほなみ》〉

杉田《すぎた》穂波。カノジョだ。二歳下。

すぐにスマホをポケットに戻す。

「返さないの？」と藤橋先生。

「電話なんで」と僕。

「出なくていいわけ？」

「だいじょうぶです」

ブルブルはすぐに止む。が、またすぐに始まる。マナーモードからサイレントモードに切り換えるべく、スマホをまたポケットから取りだす。

「出なさいよ」と藤橋先生が言う。「わたしが電話に出ることも許さない鬼ババアみたいじゃない」

「いえ、鬼では」

「ババアを否定しなさいよ。って、いいから、ほら、出な」

ならばと、出る。

「もしもし」と抑えめの声で言う。

通話はすぐに終わらせるつもりなので、席を立ったりはしない。

「もしもし。わたし」

「うん。どうした？」

「どうした？　じゃないよ。俊馬《しゅんま》こそどうしたのよ。メッセージ出したのに」

「音は鳴らないようにしてた。打ち合わせ中だから」

「打ち合わせ？　日曜なのに？」

「うん」

「そんなこと言ってなかったじゃない」

「急遽そうなって」

「急遽、なる？」

「なった、んだね。で、何？」

「お刺身、買ってきちゃったんだけど」

「え？」

「いい感じのがスーパーにあったから。まさか俊馬がいないとは思わないし。出かけるなら言ってよね」

「メモ、残しといたけど」

「見たのは帰ってから。お刺身買っちゃってから」

「あぁ。ごめん」

抜かった。穂波は結婚式場を運営する会社に勤めているから、土日も仕事。その仕事中にＬＩＮＥのメッセージを出されるのは煩わしいだろうと思ったのだ。今夜はご飯いらないということを伝えさえすれば問題はないだろう、とも。

それが、刺身。生もの。まさかそのパターンがあったとは。

通りかかったウェイターさんに、藤橋先生が言う。

「今の赤、おいしかったから、お代わりお願いしま～す。二つね」

上機嫌なその声が、文京区のマンションにも届いてしまったらしい。

「誰？」と穂波が言う。

その声がこちらに届いたわけではないが、藤橋先生も僕を見て小声で言う。

「誰？」

「あ、えーと、先生」と僕は穂波に言い、こう続ける。「じゃ、切るから。刺身は帰ったら食べるよ」

　そして電話を切る。

「刺身？」と藤橋先生に訊かれ、

「はい。何か、それを買ってきたみたいで」と答える。

「で、誰？」

「カノジョです」

「カノジョが刺身を買ってきたの？」

「はい」

「じゃあ、帰らなきゃ」

「いえ、だいじょうぶです」

「だいじょうぶじゃないでしょ」

「同じとこに住んでるんで」

「え？　一緒に住んでるってこと？」

「はい。先月からそういうことに」

「何だ。そうなの。だとしても、だいじょうぶ？　帰ったほうがいいんじゃない？」

「だいじょうぶです。ワインも頼んでいただきましたし。せっかくなので、『もう欲はない、ふりもする』の話を詰めましょう」

「いいの？」

「はい」

やがてワインのボトルと新しいグラスを手にしたウェイターさんが到着。ワインをグラスに注いでくれる。

明日の取材は昼からだからいいか、と思う。

藤橋先生も言っていた。明日なら、今夜はだいじょうぶでしょ。

明日は明日。今夜は今夜。いいアイデアが出て藤橋先生も乗ってきたのだから、今夜はもう付き合ってしまえ。飲んでしまえ。


ワインバーの営業は午後十一時まで。気づいたら二十分が過ぎていた。

「あ、過ぎてる」と藤橋先生が声を上げ、ウェイターさんに言った。「ごめんなさい。お会計して」

話しこむ僕らに気をつかってウェイターさんが流してくれていた、ということらし

い。

編集者なんだから先に気づけよ、と思いながら、藤橋先生に言った。

「実のある打ち合わせになったんで、ここはウチが持ちますよ」

「いい、いい。わたしが誘ったんだからわたしが払う」

そう言って、藤橋先生は実際に支払いをしてくれた。そしてタクシーで同じ中央区の勝どきにあるマンションへと帰っていった。

銀座では午後十時から翌午前一時までタクシー乗場以外でタクシーには乗れない。でも土日祝は別なのだ。その意味でも日曜の夜飲みはいいのだと藤橋先生は言っていた。

さすがに空いている日曜夜の丸ノ内線に乗って僕が茗荷谷《みょうがだに》のマンションに戻ったのは午前〇時すぎ。自分のカギでドアを開け、静かになかに入った。

穂波は寝ているだろうと思ったら、起きていた。日付が変わった今日も仕事なのに。

キッチンはきれいに片づいているが、本人はまだ部屋着姿。フロに入った感じはない。フロはいつも寝る前に入るのだ。湯冷めをしたくないからと。

穂波は居間のソファに座っている。僕が帰ってきた音を聞き、あえてそこに座ったような感じがある。

「ただいま」に続けて言う。「刺身は明日火を通して食べるから。ちゃんと食べるか

ら」

「でも明日は仕事でしょ？　大事な取材なんでしょ？」

「いや、ほら、お昼からだから。その前にでも」

「午前中にお刺身に火を通して食べるの？」

「うん」

「うんて。お昼は取材に行く作家さんと一緒に食べるんでしょ？」

「だから、まあ、朝か。朝ご飯」

「いつもパンなのに？　お刺身に火を通したのと一緒に食べるの？」

「パンはなしでそれだけにするとか」

「わたしも食べてないから二人分あるよ」

「え？　食べてないの？」

「うん。一緒に食べようと思ってたから」

「じゃあ、晩ご飯は？」

「お茶漬けと残りものですませた。お刺身は冷凍しておくよ。食べるときに解凍して火を通せばだいじょうぶだし」

「ごめん」

「それはいい。お刺身はわたしが勝手に買ってきただけだし。メモは残しといてくれたし」

よかった。残しておいて。穂波の仕事が終わる時間を見計らってＬＩＮＥ、も考えたのだ。でもそちらにしていたら。たぶん、忘れていた。

「で、沢俊馬さん」

「ん？」

「ご説明願います」

「え？」

「一緒にいらした先生、についてのご説明です。二人で仲よく赤ワインらしきものを飲まれていた女性です」

「あぁ」

ヤバい。何故か穂波が敬語になっている。とあせりつつ、平静を装って言う。

「だから、先生だよ」

「お代わりお願いしま～す、とか、ずいぶんお若い先生かと」

「いやいや、若くない若くない。あの人、四十九。来月の誕生日でもう五十だから」

「そのあたりを、もうちょっと詳しくご説明願います」

「今から?」

「今から」

「明日取材なんだよ」

「お昼からでしょ?」

「そうだけど。その前に目を通しておきたいゲラもあるし。町を二、三時間歩かなきゃいけないから、ちゃんと寝ておきたいし」

「誰のせいでこうなったと思ってます? 誰のせいで、わたしも明日、というか今日も仕事なのにこの時間まで起きてたと思ってます?」

そう言われたらしかたない。説明した。うそなし。百パー事実を告げた。

先生が日曜でありながら打ち合わせを持ちかけてきたこと。明日は大事な取材があるからと一応は断ったのだが断りきれなかったこと。先生はいつもそんな感じであること。飲みたくなったら打ち合わせることがなくても打ち合わせたがること。でもその場でいいアイデアが生まれたりもすること。現にさっきもそうなったこと。それでエッセイの新作が動きだしたこと。穂波との電話を切ったあともその新作についてあれこれ話したこと。いい作品に仕上がりそうな手応えがあること。だから日曜に出ていった甲斐もあったこと。

すべてを黙って聞いたうえで、穂波は言う。

「絶対うそだよ。打ち合わせることもないのに誘ってくるとか、そんな人いないでしょ。女性なら、なおいないでしょ」

「いや、いるんだよ、これが」

「誰よ」

「仕事関係の個人情報だからそれは言えないけど」

と言いつつ、あっさり言ってしまう。穂波はカノジョだし。言ったところで藤橋先生は怒らないだろうから。

「エッセイストの藤橋先生。藤橋絵令奈先生」

「って、あのきれいな人？」

「そう」

「テレビでコメンテーターみたいなこともしてる人？」

「そう」

「うそだよ」

「うそじゃないよ」

「あの人の声じゃなかったよ」

「あの人の声なんだよ、あれも。飲んだときはいつもあんななの」

「四十九なのに?」

「四十九なのに。明るく飲む人なんだよ。その意味では、やっぱり若い」

穂波は僕の顔をじっと見て、言う。

「今の、全部ほんと?」

「ほんと。うそに自分が担当する先生を巻きこんだりしないよ」

「だったら。わたし、起きてて損したじゃない。もう一時だよ」

「損ではないでしょ。いや、穂波は損かもしれないけど。僕はたすかったよ。明日、重い気持ちで町歩きをしなくてよくなった」

「まあ、わたしも、明日結婚するお客さんに重い気持ちでおめでとうございますを言わなくてすむのはたすかるけど」

「全部が全部、本当に本当だからさ、晴れやかな気持ちでおめでとうございますを言ってよ。僕も晴れやかな気持ちで第一回の町歩きをしてくるから」

「何かうまいこと言っちゃって。そのうえいいワインもいっぱい飲んじゃって。ずるくない?」

「ワインは、今度、休みが重なったら飲みに行こうよ。刺身は、明日の夜、一緒に食

べよう。解凍して。火を通して」

翌日は見事に寝過ごした。

待ち合わせは正午だからと油断していた。起きたらもう午前十一時近く。穂波はとっくに仕事に出ていた。七時半には出たはずだ。

体の疲れはとれていたが、アルコールはまだ残っていた。頭が少し痛んだ。思った以上に飲みすぎたらしい。

実際、藤橋先生も僕も六杯飲んだ。それぞれがボトル一本を空けた感じだ。『もう欲はない、ふりもする』について話していたときは抑えたが、最後にもう一杯いこう、と藤橋先生は言った。そう。あれを入れたら七杯かもしれない。

急いで歯をみがき、アルコール臭を消すべく、リステリンでさらに口を洗った。時間がないなか、洗いに洗った。家を出たら、今度はフリスク。やはり時間がないなか、より強力だというブラックミントのそれをコンビニで買い、丸ノ内線に乗ったところで一気に五粒食べた。大手町で半蔵門線に乗り換えたところでさらに五粒。第一回の取材にアルコール臭をぷんぷんさせた状態で臨むわけにはいかない。

待ち合わせ場所は、神保町駅のＡ２出口。遅刻はせずにすみそうだが、何せ、初回。約束は正午。その五分前には着きたい。できれば横尾さんより先に着きたい。先にいて、横尾さんを迎えたい。

電車を降り、改札を出て、上りエスカレーターに乗る。そこでふと思いつく。

いずれ横尾さんと藤橋先生の対談企画をやるというのはどうだろう。

藤橋先生はセレブ感全開で来るはずだ。冬ならそれこそグッチのコートを着るなどして。対して横尾さんは、十二月から三月まではずっと着ているというユニクロの黒ダウン。寒がりらしいから、例えばワインを飲みながら話すとしても、着たまま飲むかもしれない。それはそれでおもしろい対談になりそうだ。

エスカレーターを降り、最後の階段を駆け上りながら考える。

横尾さんは五十歳で、藤橋先生もじき五十歳。たぶん、同学年。どちらも未婚。案外いい感じになったりして。藤橋先生がセレブコートを脱ぎ捨ててあの生藤橋を見せれば、本当にそうなったりして。

Ａ２出口を出る。わきにはすでに横尾さんがいる。一ミリの丸刈り頭だからすぐわかる。

「おはようございます」と僕が言う。

「どうも。いやぁ。始まるねぇ」

「そうですね。いよいよです」

「これから足かけ三年。二十三区全部やりきれるかわかんないけど、とりあえずよろしく」

「こちらこそよろしくお願いします」と頭を下げる。

その扇ぐような動きで臭いが届いてしまったのか。

横尾さんが笑って言う。

「お、何、酒?」

本書は、不動産・住宅に関する情報サイト「ＳＵＵＭＯ」を提供する株式会社リクルートが運営するオウンドメディア「ＳＵＵＭＯタウン」上に、二〇二〇年十一月から二〇二二年九月にわたって発表された原稿をまとめたものです。

内容は取材・執筆当時の情報となります。当時の街の様子を感じ取っていただけるよう、あえて情報は更新しませんでした。また、写真はすべて著者が撮影したものです。途中でサイズが変わるのは携帯電話の機種変更があったためです。その旨ご了承ください。

なお、前日譚「ノー銀座、ノーライフ」はＳＵＵＭＯタウン編集部監修『わたしの好きな街』（ポプラ社）からの再録です。「はじめに」「おわりに」と巻末に収めた小説「十一月二日、正午にＡ２出口」は書き下ろしとなります。

## 小野寺史宜（おのでら・ふみのり）

一九六八年、千葉県生まれ。法政大学文学部卒業。

二〇〇六年「裏へ走り蹴り込め」で第八十六回オール讀物新人賞を受賞。

二〇〇八年、第三回ポプラ社小説大賞優秀賞受賞作の『ＲＯＣＫＥＲ』で単行本デビュー。

『ひと』で二〇一九年本屋大賞二位。

本作『銀座に住むのはまだ早い』が初のエッセイ集となる。

### 本作に登場する小野寺史宜の小説一覧（登場順）

『片見里、二代目坊主と草食男子の不器用リベンジ』『東京放浪』『今夜』『ホケツ！』

『ナオタの星』『ライフ』『まち』『ひと』『その愛の程度』『みつばの郵便屋さん』

『片見里荒川コネクション』『ＲＯＣＫＥＲ』『タクジョ！』『今日も町の隅で』

『それ自体が奇跡』『食っちゃ寝て書いて』『ミニシアターの六人』

# 銀座に住むのはまだ早い


銀座《ぎんざ》に住《す》むのはまだ早《はや》い

二〇二三年二月十日　第一刷発行

著者　小野寺史宜《おのでらふみのり》

発行者　富澤凡子

発行所　柏書房株式会社

〒一一三-〇〇三三

東京都文京区本郷二-一五-一三

電話　〇三-三八三〇-一八九一（営業）

〇三-三八三〇-一八九四（編集）

装画・題字　朝野ペコ

装丁　小川恵子（瀬戸内デザイン）

組版　髙井愛

印刷　壮光舎印刷株式会社

製本　株式会社ブックアート



© Fuminori Onodera 2023, Printed in Japan



ISBN978-4-7601-5492-0